與日常碎片

夏宇詩的
空間與夢想

一起漂移

林芳儀———著

本書榮獲周夢蝶詩獎學會
第一屆周夢蝶詩獎

周夢蝶詩獎評語

翁文嫻／成功大學中文系教授

　　學位論文必須有回顧前人資料的過程。本論文的資料整理簡潔但齊備，令我們知道，夏宇研究者很早就有「後現代詩人」及「女性主體」（陰性詩）之議題；後又有「非實在時間」的提出，本論文將這些觀點慢慢萃煉出愈來愈「純粹」的角度：如「同時並存的瞬間時間」、「當下不斷翻轉的運動狀態」，隨著這些線索，她整本論文運用法國詩學者巴舍拉（Gaston Bachelard，1884～1962）的空間與夢想詩學的意念，將夏宇詩內如何運用夢想形塑詩意空間，一一排序出現、選詩分析，而且運用《夢想詩學》其中一章安尼瑪與安尼姆斯的陰陽二力，追蹤夏宇在夢想時，因為語言的陰陽律動平衡，而帶給讀者的「幸福感」。

　　巴舍拉有多次被台灣詩學引用的經驗，但本次得獎人詮釋《空間詩學》，詩意象如何生出「語言空間」時，將詩意的形構說得很好：

　　「詩意識『浸潤』在詩的意象之中，意象透過語言顯露出來，此時的語言不同於日常生活的語言，後者是用來溝通的，理性而有邏輯，而前者是用來開啟想像的，回歸到語言及語言所指涉的物質本身。我們對著語言本身想像，也同時對其所指涉的萬物做無止盡的想像……」

　　等於是，台灣詩學的議題，慢慢從詩人的時代背景、生平傳記，有關社會的政治抗議與關懷、國際間流行的各種主義、女性男性意識之發掘、身體器官領域之擴展、都市或鄉間的認識，與乎各種親情倫理食物地域愛與不愛之書寫，讀詩人自這些具體可把握的議題，慢慢轉目光觀看一首詩的純

粹「物質性」──這句子之間，字與字之間，其內潛藏著什麼安尼姆斯（理性雄性的陽力），或者另一種安尼瑪（夢幻感性的陰力）。二者相繼起伏的律動成為這篇論文研究的主線，真的是大大有違傳統詩學的方向。

首屆周夢蝶論文，將獎項頒予這樣的一篇研究，當日評審的另二位更有輩份的詩學名家，楊昌年與李瑞騰教授，就忍不住自然反應：「啊，這論文讀起來真舒服，文字很有詩意。」「這個年輕人我看他很有研究的企圖與潛力，未來會做出很好的評論。」今日他們讓我來負責這篇論文的特色，卻突然想到，周夢蝶詩的主題，似乎也專門離開上述各類有意識的「實際」探討事務。以至他的詩可以適合不同「朝代」的人類讀，詩內律動只關注了人類的悲喜。記得以前訪談周公時，他說讀夏宇詩二十多次了，人說她是「後現代詩人」，是否自己喜歡的詩內事物屬於「後現代」呢？周公很認真地請問尊者，什麼是「後現代」，結果聽了半天，還是不明。如果他今天看到這篇專門用「安尼姆斯」與「安尼瑪」來說夏宇的評論，會否明白些？想他一定追問這兩個詞，或者想起中國詩話藝術裡，常出現「陰、陽」二力交替，「虛、實」相生的拉鋸現象。

但古典的陰陽虛實觀念，已經很難表達當代人體會到的世界。諸如論文說夏宇詩是：「穿梭在宇宙中的主體」，又有「時間的多重性」，當聚焦於每一時間的空間，那夢想的狀態如何呢？其中的「力」之交匯，追溯到《夢想詩學》中回顧榮格（Carl Gustav Jung，1875～1961）述說煉金術士的雌雄同體狀態。當眾人多注意夏宇的「女性主體」特質時，本論文卻偏跳脫單純的陰性。幾乎每篇詩例分析，都有女性安尼瑪的夢幻流動，又有男性安尼姆斯的結構、觀察、思考、冷靜之特質。因而，所謂夏宇的「陰性書寫」，得進入另一個鮮少被觸及的，另一半陽剛提煉的力與氣概，這是本

次研究最有意思的突破項目。

　　論文的研究範圍，難得自第一本《備忘錄》（1984年），一直追蹤至第八本，最新2016年詩集《第一人稱》。除外還有歌詞集、夏宇的畫、裝置、劇本。這些眾聲喧嘩的多形式文本，論文的章節都可交錯串起。第二章的空間情節，由具體的旅社、房間而至彼此的目光；第三章的空間更抽象研究至城市的「遺失」、可「穿越」的牆、以至回到「日子自行填滿」的貓與狗。如此，夏宇三十多年經歷的空間，作者不管年份，完全依夢想的深淺重整。第四章發展至夏宇多方面的詩與畫、音樂、攝影，甚至虛擬電影院，論文作者提出以身體的「夢想聯結」為觀念，再移動至其他領域的身體狀況，變成一個「夢想身體」，實在蠻新鮮的。

　　一般論文多注重資料、實證，眾人能明白的推理邏輯，這些合乎科學的條件，卻可能對詩學的討論是一大傷害。本來是科學家的巴舍拉，中晚年改行寫系列的「詩學」作品。愈到晚年愈迫近詩的本質，而寫出《夢想詩學》一書。這篇論文所引夏宇的詩，個人以為，比《夢想詩學》的引詩有趣多了。藉夏宇作品的特殊性，為巴舍拉的「夢想」帶出不一樣的視野。巴舍拉還在世的話，該感安慰，遠在天邊的台灣，有詩人這樣精彩，還有一位年輕碩士生，那麼能活用了他的想法。

　　若要挑問題，這論文的章節標題可以下筆更準確些。更大的疑點是，夏宇帶出的夢，是基於一個怎麼樣的文化泥土？詩人的每次興發動念，其實都有根源。這些隱藏的「現實來源」之牽連，可能才是評論者真正見出份量的地方，但我們是不能要求一位碩士生了。除此之外，每詩每字與每句間，它們是不同的瞬間，論文各章引詩若能分別情狀，具體進入，愈是深入現實，那片飄盪起來的夢，才能更呈顯出它的自在丰姿。這些，可能是這位「夢想詩學家」日後的方向了。

周夢蝶先生一輩子默默以行事人格，體證出一片台灣美麗的風景，我們從來不知道周夢蝶訴求什麼。也許，所謂台灣議題，若能說出來的，其他各國地域是一樣有共同的議題，但只因為台灣這地方的特殊文化，才能自然地孕育了周先生這樣的造型。本次論文的書寫風格，恐怕打破了港、台大陸的論文格局，它並不以具體議題為線索，只拉出了一位詩人，如何因為隨處夢想，帶給讀者極大的語言幸福。在拉著這條不易被人明白，抽象看不見的絲線時，論文作者在書寫中，也不時讓我們有詩意的暢快感，閱讀的空氣是流動的。台灣是不是可以開出這麼個研究領域？「不為什麼」地存在出一片美感，有如論文裡說的詩人形象：「一個致力於在『沒什麼』當中發現未來的『人』」。

編註：本著作為作者碩士畢業論文（2017），並於同年獲得第一
　　　屆周夢蝶詩獎，此文為評審專為獲獎論文所評。

沿著隱形的腳印找出夢想的形狀

陳政彥／嘉義大學中文系副教授

還記得口考芳儀碩士論文那天的場景，教室裡同文嫻師、明諺師一起討論著文章中潛伏的問題以及尚待發展的方向，窗外是午後猛烈的陽光，但我更記得師生間思索激盪的熱力，為著思路的開展而興奮。

還記得第一次接觸法國哲學家加斯東・巴舍拉（Gaston Bachelard）等相關論述時的興奮，感覺長久以來自己在詩的詮釋解讀上，始終感覺尚未契合之處，終於找到一種自己屬意的方式，不完全由外在時空環境所決定，也不被文本形式所綁架，能有一種更貼近作者心意，也容許讀者詮釋的研究方法，於是探索其哲學根源，描述發展路徑，並將目前台灣研究路徑相近的論者如簡政珍、翁文嫻等大家一一整理，加上自己對六家詩人詩作的詮釋實踐，先交出《臺灣現代詩的現象學批評：理論與實踐》（2012）；後有《身體・意識・敘事：現代詩九家論》（2017）兩本論著。

但完成論文之後，或許正是問題的開始。出自學術的要求，在論著中需要嘗試串連相近但未完全相同或相通的詩學思想，是否每個人不同的思路就隨著被劃位對號入座了呢？孟樊老師在《臺灣文學學報》30期（2017.6）上發表了〈簡政珍的現象學詩學〉，簡政珍老師對此也在《吹鼓吹詩論壇》32期（2018.3）發表了一篇〈理論主客體運用的實例探討──以孟樊的批評為例〉，不認為自己的詩學思想就可以完全被現象學詩學一言以蔽之。其實這其中的拉鋸正是詩學建構的難處，學術要求普遍公正客觀能被反覆檢驗的模式，但人的思維是否就能被納入這樣的模式？

誠如翁文嫻老師深得我心的一段話：「語言獨特性及感染力，成為詩能有思的首要條件。我特別珍愛那具有奇異思緒程序的語法，這不屬平庸的網，正可負載某些真銳清新、從未被濾出過的『思』。」[1]每一首普遍被喜愛的詩作往往都具備了獨特的思，如果我們用心品味，就會發現對應於詩作，詩論家的論文往往也煥發另一種思想的熠熠光彩，難以被歸類卻又令人著迷。

之所以有以上感想，正是源自芳儀的論文而來，在自己交出了現象學詩學的相關論著之後，才知道自己的極限在那裏，這門學問還有無窮潛力有待挖掘，但受限於自己才情與想像力，只能交出這樣自己還不夠滿意的成果。直到閱讀了芳儀的論文才發現，她展示了我曾經期待但尚未完成的成果，以一種更優雅的方式。

芳儀以巴舍拉的《夢想詩學》、《空間詩學》作為論述依據，但是如何詮釋詩作，讓詩作和理論之間產生對話，開展更豐富的意涵則是芳儀的能耐。第二章透過「安尼姆斯」（Animus）與「安尼瑪」（Anima）的概念來分析夏宇夢想的狀態，扭轉過去大量注目於女性主義的議論，更清楚地呈現夏宇的魅力。第三章延伸巴舍拉《空間詩學》的概念，進一步討論巴舍拉沒討論過的其他空間，於是夏宇詩中道路、地下道、窗戶、車廂，以及其他生活中的家居空間，成為思緒的道標，標示出進入夏宇詩思深處的路徑。第四章談夏宇跨界行動的再詮釋，芳儀別出心裁地解釋道：與其說這是破壞界線，不如說是夢想者的夢遊行動，界線原是受困於世俗見解的世人所界定，夏宇的跨界詩嘗試應該視為幫物質剝去常識成見，使其返回原初模樣。

---

[1] 翁文嫻，〈如何在詩中看見思想〉，收錄自《創作的契機》（台北：唐山，1998.05），頁145。

論文中另一令人驚艷的特色是將梅洛龐蒂在《眼與心》當中的論調與巴舍拉的夢想做結合，梅洛龐蒂作為現象學最重要的學者之一，其論述向來以難讀見著，芳儀對梅洛龐蒂理論的引用與轉化，勢必對日後有意開展現象學詩學的後學者有重要啟發。

　　評論家的論文承載著自身獨特的思，也許難以被模式所歸納套定，但是留神觀察仍能發現彼此間有著看不見的聯繫，就像夜空中的星光，彷彿還是能連繫出一條看不見的路徑。有感於芳儀將夏宇詩中的點點線索串連成一條可解的道路，也祝福芳儀的論文本身，成為另一座等待後人詮解的星光，將與其他論述者的論著，相互映照。

自己的夏宇

蔡明諺／成功大學台文系副教授

　　芳儀是我接受的第一個做現代詩研究的學生。而且，有很大的可能也會是最後的一個。在生病的過程中，我確實是這樣想像芳儀當時正在進行的工作。所以後來我傾注了所有殘存的力量，希望能夠幫助完成芳儀的夢想：夢想的夏宇。

　　我還記得芳儀第一次來研究室，和我討論夏宇的情景。她在大學部念歷史系，碩士班轉投台文所。但是相談之下，我幾乎立即意識到：芳儀非常的「文學」，而我非常的「歷史」。芳儀對詩的詮釋很直接、清楚、到位，但我則是分析式的遲緩，訴諸文本脈絡與意象邏輯。當時我們的「裂痕」，尤其深刻地表現在對〈譬如〉這首詩的解釋上。

　　其實我對芳儀上課時的夏宇報告，印象非常好。她很喜歡夏宇，對於現代詩的詮釋也非常精確。我必須使用「精確」這個字眼，是因為這種對於「詩的」敏銳感受，有時確實不是經由理性的訓練得來的，而往往更依賴於抽象的經驗積累，甚至是更為抽象的天份。我感覺芳儀具有這種「詩的」天份，所以她非常適合研究夏宇。因為在我的閱讀經驗裡，夏宇徹頭徹尾就是一個揮灑天份的詩人。夏宇的詩（以及詩集設計）充滿靈光乍現、神乎其技。孔子說：「鳥，吾知其能飛；魚，吾知其能游；獸，吾知其能走。走者可以為罔，游者可以為綸，飛者可以為矰。至於龍，吾不能知，其乘風雲而上天。」對我而言，夏宇詩就是這種乘風雲而上天的飛龍。

　　如此說來，夏宇的詩彷彿遠在天邊。但事實上，夏宇的詩卻又總是近在眼前。對我而言，夏宇詩的核心是「日常生

活」。夏宇告訴我們，「詩的」感受並非如夢幻泡影。相反的，「詩」確確實實就在日常生活的細節中，在東拼西湊的瑣碎裡。夏宇興奮地高舉這些日常生活的瑣碎（屁股、魚罐頭、青春痘、寶特瓶），告訴我們說：這是詩。夏宇拆解了詩的偉大、理想與崇高，或者可以說是「純粹」。但可笑的是我們的夏宇詩研究，又塑造了另一個偉大、理想與崇高，用「純粹」埋葬了夏宇。

夏宇的詩是現實的，而且是瑣碎的現實。如果抽離日常生活，而想要理解夏宇，我覺得那些在「美學」上的努力，最後只能變成是對夏宇的背離。

在後現代的嬉戲風潮中，如果有人問我：陳黎是不是好笑的？我會說：不。陳黎詩的每一個搞笑動作都是正經八百的嚴肅。如果有人問我：夏宇是不是好笑的？我同樣會說：不。因為夏宇的每一個笑點都是一顆巨大的淚珠。

我始終覺得夏宇是悲哀的。

而楊牧誤讀了夏宇。或者應該更正確地說：楊牧誤導了往後對夏宇詩的評論方向，甚至是誤導了夏宇自己。我自己的夏宇非常憂傷，而且正日漸敗壞。這個憂傷就像綁了一個蝴蝶結，在作為讀者我的一顆永不悔悟的心上。

我後來逐漸明白了自己內心的夏宇，以及這個夏宇和芳儀之間的差距，同時明白了芳儀對理性的學科訓練中「理論」的焦慮。我開始說服芳儀寫出一個「自己的夏宇」。告訴大家你心目中的那個夏宇，並且不要放棄喜歡她。在學術研究中，有太多的時候，我們都忘記了自己當初為什麼喜歡某個作家的理由，特別是這個曾經喜歡的作家變成你的畢業論文的時候。在所有可能的範圍內，我希望芳儀放開手腳去寫「自己的夏宇」。而我很慶幸，芳儀最後並沒有丟失閱讀夏宇的樂趣。

俞平伯說：「飛卿之詞，每截取可以調和諸物象，而雜

置一處，聽其自然融合，在讀者心眼中，仁者見仁，智者見智。」我曾經抄錄這段話送給芳儀，因為夏宇的詩創作就是如此。在《詩六十首》的後記中，夏宇曾說：「我把所有的字都埋起來，埋在表面。你的注視，你的呼吸，和你的手指會告訴你，這些詩會帶你去什麼地方。我是盲目的，但你不是。」我覺得我們的工作至少達到了夏宇對於她的讀者僅有的要求：那就是你所得到的永遠是你自己的夏宇，而永遠不會是夏宇的夏宇。

最後，我要誠摯地感謝在芳儀考試過程中，翁文嫻老師的悉心教導，陳政彥老師的傾囊相授。因為有兩位老師的幫忙協助，芳儀才能順利完成論文，並且得到相應的讚譽與肯定。我希望芳儀不要忘記自己的夏宇，更重要的是不要忘記那個喜歡現代詩的芳儀。

2018/5/4 在北上的火車

我的序／不是序

嗨，我是作者。

這比較像是多出來的一個小時，額外的一些字。我就當作是在這本書的平行時空，講講話。

本來不希望這本書模糊難解，但它就長成這個樣子了。在書寫的過程，感覺字是自己長出來的，無論在腦殼裡蹲踞多久，出來時仍是不受控。其實我喜愛這些不受控的字詞，才能跟夏宇的詩稍微接近一點點，但是夏宇不受控的樣子是精準的，我希望可以同時描繪出她的模糊與精準。

書寫期間，乃至出版前的修改，教授們、朋友們每每給我的建議，都是清楚、清楚、再清楚，令我相當困擾（不，不是困擾於他們）。我該怎麼把自己眼前清楚到不行的輪廓，再加黑加粗？後來我猛力塗黑到一個不行，雖然看上去可能還是灰矇矇一片，真不好意思。

希望願意翻開這本書的人——可能是喜歡夏宇、喜歡詩，或被強迫收藏的各種雄性和雌性動物，跟裡面的文字相遇時是開心的。為了彌補閱讀上造成的不便——老是被那不斷循環往復重心發散的模樣阻擋，我想在這個多餘的空間裡做個解釋，也可以算是註腳般的存在。

書名「與日常碎片一起漂移」我構思很久，談了這麼多，還是很難用一句話代表夏宇的夢想質地，但我想，她的夢想核心不過就是在極平凡的生活當中，與瑣碎的日常事物平等的相遇，重新認識，開啟一段神秘經驗，這個經驗不再是屬於「我」的，而是「我們」——我與物共同去組建，一起在生活的夢想裡漂移。

而在書裡，還有個重要的軸心——主體的女性形象安尼

瑪，與男性形象安尼姆斯。其實我並不是要談「性別」，他們的存在是接近夏宇夢想的路徑，如DNA雙股螺旋般交纏出本文，相遇又相離，翻面再翻面，夏宇的形象、詩文字的形象，都在這不斷交叉之中愈加鮮明，這是一段永無止盡的對視、對話，同時也浸入漫無邊際的疊合、擁抱之中。

巴舍拉為了深入夢想，把物質的陰陽拉開，再鎔鑄出一個陰陽同體，不囿限於性別、容納所有性別的夢想者，於是發現各自的特色日益鮮明，界線卻益發模糊。巴舍拉身為使用法文的法國人，詩的構成者——語言處處都有陰陽之分，漢文則無，因而難以定義物質的屬性，所以本書只簡單以詩裡的他／她、動／靜、剛／柔等對比屬性做劃分，看陰陽的形象在這之間如何流轉，各自如何夢想著，然後交會出詩人的夢想。

既然談夢想，也就不得不拉出「空間」來看。如果假設時間與空間是座標的X軸與Y軸，那麼還可以在每一個交會的點上，拉出一條Z軸，延伸出「當下空間」，上面的每一個節點，都是從不同時空投影來的，不斷製造出新的節點，往前邁進，於是當下的記憶隨著一次又一次的映照折疊，走動了起來。記憶不斷更新，以新生之姿降臨，夏宇的詩裡，總是遍布這般新生模樣。

詩人如何在交疊的記憶中，在「同時並存」的時間裡，去共有一個空間？在共有的空間裡，在詩人的肉體與想像共同抵達的空間裡，不同時刻的自己，安尼瑪與安尼姆斯，空間本身與其裝載的物體，全都互相涉入。在這貌似「混亂」與「模糊」之中，有著詩人「平靜」而「清楚」的夢想。

夏宇的夢想從詩裡到詩外，我在書寫她的時候，也隨著她與她的「遲緩小象」——一切日常瑣碎無聊厭煩不重要之物——一起漂移，在各處流淌著。我實在不想用「研究夏宇詩」這個說法，那麼站在高處，又那麼堅硬。事實上，我只

不過是用感官去接近詩與詩人，與他們相遇，藉著夏宇的夢想，去抵達我自己的夢想，這是極其私心的。

即使是這麼樣背離「客觀」，沒有形塑出一個可供交流的平台，還是希望這本書的存在，讓你願意走近，帶著你的夢想與我、夏宇的詩會合。接下來是屬於你的「神秘經驗」，無論任意曲解還是偏離軸心，都不要緊，這些文字已經給了你，重獲新生。

最後，感謝教授們的提攜與指點，讓這些文字熠熠生輝；感謝出版社，感謝周夢蝶詩獎，促成此書的誕生；感謝一路走來所有美好的人們，承接我物質上、精神上的需求，讓一切焦慮不安、生活的動盪都有可以安放的地方，如果說書裡的文字有那麼一點熱度，那都是來自於你們。

目次

第一章

導論

一、夏宇詩的夢想因子

　　夏宇為八○年代以來備受矚目的女詩人，她的詩語言獨樹一幟，為台灣詩壇開闢出一條新的道路。她的詩作經常被詩評家與研究者置放在後現代主義、女性主義的脈絡裡，無論是分析她那偏離常軌的詩語言和詩集形式，還是談論她對父權的解構，我們可以明顯看到，夏宇詩中所具有的破壞性已被分析得相當透徹。那麼我們是否可以來看，在她顛覆性的企圖背後，究竟懷著怎麼樣的創作能量？那股能量是否如表面上那般暴烈？

　　如多數研究者所述，夏宇的詩緊扣著時間這個命題，在她的詩中，我們看到許多被分割的時間。翁文嫻在〈如何在詩中看見思想〉[1]提出夏宇詩中的「當下性」與「移動性」，又在〈《詩經》「興」義與現代詩「對應」美學的線索追探——以夏宇詩語言為例探研〉[2]中，將夏宇的詩視為「不斷移動中的真相」，說明夏宇詩中意念不斷變幻的狀態。接著，蔡林縉把「移動性」的概念擴延至時間的「無限異次元」狀態，認為夏宇除了展現出「同時並存的時間」以外，還在其間穿梭自如。[3]後來翁文嫻又在〈台灣後現代詩觀察：夏宇及其後的新一代書寫〉中，以道家「萬物自生」的概念連結到夏宇運用詩語言的態度，將各本詩集的特點爬梳一遍，顯現出她不斷更新語言的歷程，將其「後現代特

---

[1]　翁文嫻，〈如何在詩中看見思想〉，收錄自《創作的契機》（台北：唐山，1998.05），頁143-169。

[2]　翁文嫻，〈《詩經》「興」義與現代詩「對應」美學的線索追探——以夏宇詩語言為例探研〉，《中國文哲研究集刊》第31期（中央研究院中國文哲研究所，2007.09），頁121-148。

[3]　蔡林縉，〈夢想傾斜：「運動─詩」的可能——以零雨、夏宇、劉亮延詩作為例〉（國立成功大學現文所碩士論文，2010.06）。

質」拉得更深刻，從一個極端去到另一個極端。所謂對語言的戲耍，其實帶有回歸語言本質，開展出更多可能的姿態，與其說是一種「破壞」，不如說是「更新」。

夏宇詩語言和其中意念的躍動性如此強烈，是什麼樣的力量造就了這樣的狀態？面對穿梭在宇宙間的主體，我們除了關注時間的多重性以外，是否也能聚焦在每一個時間所存在的空間，開展出夢想的可能呢？蔡林縉認為夏宇詩的符號運作模式是不斷翻轉的運動狀態，而這正是夏宇為了展現出「同時並存的時間」，所使用的策略。由此看來，蔡林縉是聚焦在夏宇穿梭在各個當下的「動作」上，而本書則是要關注各個當下的「狀態」，進入一個個當下的世界裡，把視角從時間移轉到空間本身，觀看凝滯了時間的空間，以及詩人在空間裡的夢想姿態。

關於夏宇對詩的夢想，可以先從她描繪自己的想像方式，自稱為夢想家的文章開始觀之。在〈溫和的夢想家〉中，她提及自己所歷經的十三種世界，接著說：

> 我深信它們都是一個個完整獨立的世界，有它們獨自的起承轉合，節奏以及音調，我還可以繼續想，繼續記錄，一千條一萬條都不止。我只不過在公車上呢，車窗外的世界以一種令我熟睡的速度迅速的改變著，顏色、象徵、真理、英雄形象、誓約，…… 都在無能抗拒的變遷中，愈來愈渺小短暫。[4]

詩人跟不上她想像中的形象的速度，明明是為「我」所見，卻又超越了「我」。它們存在在那裡，並不會因為詩人看或不看而改變，只維持著自身一貫的姿態行進。那些世

---

[4]　夏宇，〈溫和的夢想家〉，《中國時報》，1981.03.25，第8版。

界正「迅速改變著」，詩人有追上的企圖，卻知道無論如何，不可能凌駕於世界之上，進行干預，她只是試著跟世界一起：

> 每天，我把鬧鐘撥到跟第一班公車一樣早的起床時間，為了在同樣的時辰上同樣的起跑速度去追蹤去歷經世界的變遷，但是我總在鬧鐘響後的四、五個小時才充分醒來；怎麼辦呢，會開完了，談判談妥了，潛水艇買下來了，石油漲價，人質也釋放了。[5]

詩人「總是」錯過世界，在熟睡中錯過，對她而言，夢境內與夢境外的節奏截然不同。夢是她「無可避免會陷入」的地方，為了與世界錯過，為了醒來再次相遇。在那段分離的時間裡，詩人「沒有完整臉孔及正確形象」：

> 我多麼著急，可是又無可奈何，我怎麼能夠為我睡眠中的世界動亂負責呢？那時我在我的夢境裡，扮演一個個離奇詭異、沒有完整臉孔及正確形象的角色，我分析、判斷，但那只是夢境中的分析和判斷。[6]

那麼夢想呢？再次與世界相遇之前，夏宇陷入沒有臉孔的夜夢中，夢中的想法只停留在原地。待轉醒之時，她開始夢想，「從這裡走到那裡」：「也許問題是，醒過來時，我仍然是一個，我愈來愈是一個溫和的——雖然不乏美學使命的——夢想家，花很多時間從這裡走到那裡，花更多時間去想像如何從這裡走到那裡。」[7]想像力讓詩人從「這個點」

5　夏宇，〈溫和的夢想家〉，《中國時報》，1981.03.25，第8版。
6　夏宇，〈溫和的夢想家〉，《中國時報》，1981.03.25，第8版。
7　夏宇，〈溫和的夢想家〉，《中國時報》，1981.03.25，第8版。

走到「那個點」，而這份想像不是屬於「她自己」的，屬於她的是她睡眠中的夢。世界帶著她走，令她追著，想像的界域展開了。

正如夏宇定義自己是「溫和的」夢想家，在她的詩作中，我們的確不會發現「明確而強烈的」夢想，她並未營造出一個顯而易見的、可供夢想的空間，而是躋身在時間與時間之間，著重於點與點之間的連接，像是宇宙裡不同星球之間的關係，想像力既是向著每個星球的內部開展，又開展到星球的外部，面向宇宙，向其他星球展開自己。每個「當下空間」各自獨立，彷彿一個個黑點，夏宇只在各點之間畫上「虛線」，那被框出的空間並不顯著。

相較於穩定深入某個空間夢想的詩人，夏宇的空間鮮少有連貫性，似乎很難在同一個地方持續深入，凝塑出明顯與現實不同的「幻境」。她傾向於描摹日常的瑣碎，為了把握每一個極短暫的念頭，經常突兀地插進毫不相干的事物，予人一種感覺──她根本沒有「餘裕」沉浸在夢想當中。但是巴舍拉提及，夢想存在於日常生活中，而夏宇的詩體現了「在生活中夢想」的狀態，當生活的形象越是清晰，夢想也更是深刻。簡政珍在《詩心與詩學》以生活化的意象方式描述了讀者接觸詩的樣態：「讀者『觸摸』一個球狀的水果，雖然水果默默無語，但指尖卻感知對方的圓柔和自我而足的世界。」[8]透過一球狀水果來感知詩人世界這樣的比喻，在巴舍拉的說法裡，又更加推進一層：「那時，按照詩人的詞語，與他一起夢想，相信他所說的，在他獻給我們的，以對象、世界的果實和花朵為符號的世界中生活，那是何等快樂啊！」[9]透過果實所看到的世界是詩人夢想的地方，世界在

---

[8]　簡政珍，《詩心與詩學》（台北：書林，1999.12），頁70。

[9]　Gaston Bachelard著，劉自強譯，《夢想的詩學》（北京：生活・讀書・新知三聯書店，1996.06），頁193。

果實般的圓形中進入人們的夢想。這時，幸福從世界湧向果實。而從詩人夏宇的眼睛看出去，位在果實當中的果核，正是寫詩的核心——那夢想的起點，這裡沒有後現代「去中心化」的寫作手法，只有「吃蘋果」的狀態：

> 我們寫詩像吃蘋果，到最後會碰到一個核心，我指的是這個說法，沒有那麼後現代。我通常傾向於把事情翻譯成一個幼稚的情況，所以到底有沒有那個蘋果核的存在呢？是有的，而且我極願意去相信它，而且是一廂情願極其浪漫地去相信它。我其實是為這個蘋果核寫詩的，但我沒有辦法更深入地告訴你那是什麼東西，我只能告訴你那就是一個蘋果核，就是這樣子。[10]

夏宇對著「蘋果核」夢想，為它寫詩，面對生活，面對詩，她是如此浪漫真切而沒有任何企圖，只是相信著一個「有蘋果核」存在的世界。

此前陳義芝已嘗試找出夏宇詩的「夢想」，他在〈夢想導遊論夏宇〉中也提到夏宇本身擁有夢想者的特質：「夏宇的詩展現的不是向外的、反擊的力道，而常常是一種現在狀態，自我的安頓、自我的愉悅。這是夢想者的特質。」[11]他運用巴舍拉夢想的概念，初步將夏宇詩中夢想的可能性點出來，略作導讀，並未深入分析。因此，本書運用法國哲學家加斯東・巴舍拉（Gaston Bachelard）的理論分析夏宇，主要採用《空間詩學》與《夢想的詩學》這兩本著作，找出夏宇凝聚當下，並且將自己安頓在其中的方式。

---

[10] 江長威作錄音整理，〈詩，如何過火？想詩、談詩、念詩、玩詩——《中外文學》三十週年系列座談之二〉，收錄自《中外文學》第三十二卷第1期（2003.06），頁169。

[11] 陳義芝，〈夢想導遊論夏宇〉，《當代詩學》第2期（2006.09），頁159。

二、從過往中萃取和重鑄

關於夏宇的評論和研究為數眾多，多以後現代與女性的角度切入，談及她破壞詩語言的原有結構，以此對抗抒情傳統與父權體制的意圖。而夏宇之所以受到各方評論者的青睞，係因其對既有的詩歌系統甚而語言系統，乃至文學傳播管道、文學價值的評斷模式，做了革命性的顛覆，為台灣詩壇掀起一陣風潮，開啟了對文學、新詩的另一套思維模式。

評論者與研究者對夏宇詩的關注角度，隨著時間而有所轉變，從詩作的外顯風格逐漸轉向詩人的內在視野。由於夏宇的行蹤隱密，顯少能夠究其生平事蹟，以輔助詩作的解讀，於是多數研究者選擇使用理論作為框架，對夏宇的文本進行詮釋，並以其詩集的序言、訪談……等當作線索，證實詩人的創作理念確是能與理論相互扣合的。統整研究者對夏宇的關注焦點，約略可分為詩語言、詩意涵、詩行為這三個部分，而這三者又經常並置在一起討論，以觀詩人真正的意圖。

一九八四年，夏宇的第一本詩集《備忘錄》甫一出現，隨即引發不少討論，眾多評論者對夏宇的語言風格感到震撼，遂成為討論焦點，普遍將她定位為「後現代詩人」。蕭蕭將夏宇評為「純詩人」；[12] 萬胥亭將夏宇的詩定義為「後設詩」，認為夏宇提倡壞詩，是一種現代主義「窮則變」的努力；[13] 而林燿德則駁斥萬胥亭將夏宇歸為現代主義末期的說法，認為夏宇的創作已脫離現代主義，呈現出後現代的特

---

[12] 蕭蕭，〈備忘錄——以凡人的方向思考的詩集〉，《文訊》第16期（1985. 02），頁115-118。

[13] 萬胥亭，〈日常生活的極限：讀夏宇詩集《備忘錄》〉，收錄自陳幸蕙編，《74年文學批評選》（台北：爾雅，1986.04）。

徵；[14]洛夫認為夏宇打破語言成規，創造了個人的宇宙，並說她的詩是苦澀的抒情、有芒刺的感性。[15]

正式將夏宇定位為「後現代詩人」的評論者是孟樊，他的〈超前衛的聲音──評夏宇的詩〉將夏宇作如此定位，並指出夏宇所使用的是精神分裂者的語言，同時解構了語言與主體。[16]五年後他又在〈當代台灣女性主義詩學〉中，補充說明夏宇那斷裂式的文體，不若擁有此類風格的男性詩人般理性，仿若「流動的液體」。[17]再後來，孟樊深入分析夏宇詩的語言，認為夏宇詩具有「語言詩派」──英美後現代詩派的其中一支──的特性，分別從夏宇文字的物質性、反敘事與意符的遊戲性三個角度去談。[18]他所指的物質性正呼應了廖咸浩在〈悲喜未若世紀末──九〇年代的台灣後現代詩〉所述：「夏宇的詩語言從一開始參與指涉，逐漸轉為抗拒指涉，回到語言純物質的部分。」[19]

接著，李淑君、李翠英對於夏宇詩「敘事」的部分，又做了更深入的探析，她們都推翻反敘事的論調。李淑君認為夏宇的敘事仍是依循某種秩序進行著，[20]李翠英認為雖然夏宇詩的敘事在表面上看似被拆解了，但實際上只是結合了詩語言的特性，形成「情節式意象」，亦即仍保有類似小說的

---

[14] 林燿德，〈在速度中崩析詩想的鋸齒：論夏宇的詩作〉，《文藝月刊》第205期（1986.07），頁53。

[15] 洛夫，〈宇宙的新樣式：評夏宇《備忘錄》〉，《聯合文學》第二卷第11期（1986.09），頁217-218。

[16] 孟樊，〈超前衛的聲音──評夏宇的詩〉，《台北評論》第4期（1988.03），頁130-145。

[17] 孟樊，〈當代台灣女性主義詩學〉，收錄自鄭明娳編，《當代台灣女性文學論》（台北：時報文化，1993.05），頁170。

[18] 陳俊榮（孟樊），〈台灣的後現代語言詩〉，《中外文學》第三十八卷第2期（2009.06），頁197-227。

[19] 廖咸浩，〈悲喜未若世紀末──九〇年代的台灣後現代詩〉，收錄自《兩岸後現代文學研討會論文集》（台北：輔仁大學外語學院，1998.09），頁37。

[20] 李淑君，〈低限馬戲──夏宇詩的遊戲策略〉（國立彰化師範大學國文系碩士論文，2009.07）。

敘事模式。[21]

　　此外，夏宇詩裡有不少具有互文特性的詩作，吸引研究者深入研究。先是林苡霖和洪珊慧在談論夏宇詩中的語言特性時，用一個小節分析詩作中的互文性；[22]接著宋淑婷將此特點作為學位論文的主脈絡，把互文性放在後現代視野下去分析；[23]而後李葵雲以〈參差對照的愛情變奏──析論夏宇的互文情詩〉[24]，彌補前行研究之不足，並且特別聚焦在愛情書寫上，以探究夏宇對抒情傳統的態度。

　　除了後現代語言風格的相關評述之外，亦有眾多研究者從女性主義視角切入。開始以此視角來分析夏宇，是在一九八八年的時候，正好搭上女性主義的熱潮。鍾玲在〈夏宇的時代精神〉中提出夏宇不僅揚棄了台灣女詩人抒情傳統的敘事策略，還加以反諷。[25]又在《現代中國繆思──台灣女詩人作品析論》述及，比起其他女詩人，夏宇最接近女性主義的「女性中心」論。[26]李元貞在夏宇的多首詩中，指出其批判父權的意識，並說她擅長以後現代尊重個人差異的思維，將舊的女性形象重新型塑一番，形成新的自我認同。[27]

　　奚密在〈後現代的迷障──《台灣後現代詩的理論與實際》的反思〉開始指出，夏宇後現代風格最深刻的表現，並非此前男性評論家所述及的「對文字的戲耍」，而是彰顯出

---

[21] 李翠英，〈敘事的與非敘事的──論夏宇詩中「情節式意象」作為敘事策略之呈現〉，《臺灣詩學學刊》第21期（2013.05），頁39-64。

[22] 洪珊慧，〈夏宇早期詩作的語言實驗及其顛覆性〉，《臺灣詩學學刊》第16號（2010.12），頁253-276。

[23] 宋淑婷，〈後現代詩之互文性──以夏宇為對象〉（國立台北大學國文系碩士論文，2011.01）。

[24] 李葵雲，〈參差對照的愛情變奏──析論夏宇的互文情詩〉，《彰師大國文學誌》第23期（2011.12）。

[25] 鍾玲，〈夏宇的時代精神〉，《現代詩》第13期（1988.10），頁280。

[26] 鍾玲，《現代中國繆思──台灣女詩人作品析論》（台北：聯經，1994.10），頁357-360。

[27] 李元貞，《女性詩學》（台北：女書文化，2000.11）。

一個勤於寫作的女性主體。[28]並且在〈夏宇的女性詩學〉中指出夏宇的詩並非男性詩或女性詩，而是雌雄同體的狀態，她表現出語言的多義性，以此顛覆男性中心的創作和批評模式。[29]李幸錦在〈論夏宇詩中的「陰性書寫」〉[30]一文中，認為夏宇的詩符合「打破男性語言」和「描寫陰性慾流」這兩種西蘇所提出的「陰性書寫」策略。陳義芝則在《從半裸到全開——台灣戰後世代女詩人的性別意識》一書中表示：「夏宇無意從對立立場批判男性，她幽默地占用了男性。」[31]李癸雲在〈朦朧、清明與流動——論台灣現代女詩人作品中的女性主體〉[32]一文中，表示夏宇的詩作摒棄了認知女性主體的階段，直接進入批判及解構父權體制的階段。後來，顧慧蒨延續了李癸雲對詩中女性主體的研究，在〈論夏宇浪漫美學的個人主體性〉一文中，嘗試以浪漫主義的角度來觀看女性主體，並且區別了中國抒情與西方抒情傳統的不同，以為夏宇顛覆中國抒情傳統的同時，部分繼承了西方式抒情：浪漫主義的精神。[33]

　　一九九三年開始，以廖咸浩為首的研究者將夏宇的性別敘事與後現代、後殖民的視角接合起來，彰顯夏宇的獨特性。廖咸浩在〈物質主義的叛變：從文學史、女性化、後現代之脈絡看夏宇的「陰性詩」〉裡主張夏宇是以形式物質

---

[28] 奚密，〈後現代的迷障——《台灣後現代詩的理論與實際》的反思〉，《當代》第71期（1992.03），頁63。

[29] 奚密，〈夏宇的女性詩學〉，收錄自《中國婦女與文學論文集》第一輯（台北：稻香，1999.05），頁273-305。

[30] 李幸錦，〈論夏宇詩中的陰性書寫〉，《問學集》第8期（淡江大學中文系，1998.09），頁1-19。

[31] 陳義芝，《從半裸到全開——台灣戰後世代女詩人的性別意識》（台北：臺灣學生書局，1999.09），頁88。

[32] 李癸雲，《朦朧、清明與流動——論台灣現代女詩人作品中的女性主體》（台北：萬卷樓圖書，2002.05）。

[33] 顧慧蒨，〈論夏宇浪漫美學的個人主體性〉，《臺灣詩學學刊》第15號（2010.07），頁235-264。

主義反抗父權式的內容拜物主義，同時又對形式拜物主義作了修正。於此，可看出夏宇詩以後殖民的觀點修正了其本身後現代的表述方式。[34]再來，在〈夏宇的"鋸齒狀真理"：實驗詩學的性政治〉裡，白瑞梅主張夏宇的性別建構不僅僅停留在性別本身，還可以擴延到殖民的脈絡裡，以女性主義的觀點來批判國家主義和殖民主義。[35]而魏偉莉又在〈安那其‧女性‧逃逸路線──夏宇詩作相關論述的再論述〉[36]分別觀察出夏宇詩中的安那其意識和女性意識，認為夏宇並不積極重建女性主體性，而是用具有革命性的流動力量，反抗父權中心意識的集團化傾向。

　　廖咸浩從物質層面切入，梳理了父權和殖民特性之間的關係；白瑞梅藉由觀看夏宇的女性主義傾向，挖掘其中批判國家和殖民主義的可能性；魏偉莉使用無政府主義的視角做切入，將夏宇的女性論述帶出了新的觀察視角。接下來，劉柏廷又擴延了白瑞梅的論述，以夏宇運用語言、書寫身體的方式，將台灣的後殖民情境展現出來。[37]

　　有幾位研究者以夏宇作為學位論文的專論對象，除了從離散、遊戲、互文性等路徑研究之外，其中陳柏伶、林苡霖這兩位研究者將夏宇的詩作特性做了完整而有系統的整理和討論。陳柏伶的〈據我們所不知的──夏宇詩研究〉並未使用嚴密的理論基礎作分析，反而以詩意的文字，將夏宇詩中

---

[34] 廖咸浩，〈物質主義的叛變：從文學史、女性化、後現代之脈絡看夏宇的「陰性詩」〉，收錄自鄭明娳編，《當代台灣女性文學論》（台北：時報文化，1993.05），頁237-272。

[35] 白瑞梅，〈夏宇的"鋸齒狀真理"：實驗詩學的性政治〉（國科會研究報告，編號NSC86-2418-H009-001-T，1998.01）。

[36] 魏偉莉，〈安那其‧女性‧逃逸路線──夏宇詩作相關論述的再論述〉，收錄自《第三屆台灣文學研討會論文集》（台南：國立台灣文學館，2006.07），頁11-31。

[37] 劉柏廷，〈她的純淨與極致與善意──夏宇「體」現其創作道德的文本與慾望〉，《臺灣詩學學刊》第15號（2010.07），頁265-290。

的後現代、女性、時間、否定、感官上的快感、聲音這些特質展現出來，提供了讀者許多種感受夏宇詩的方式。[38]而林苡霖的〈夏宇詩的歧路花園〉則是詳細分析夏宇詩作裡的語言特性，分別從文字、修辭、語法、意象等路徑切入。[39]而本書亦是專論夏宇，不過僅聚焦在空間與夢想兩個層面，以巴舍拉的理論作為論述基礎，企圖展開深度對話的可能。

　　除了以各式文學理論作為思考點之外，直接從詩裡找出詩人對「某物」的關注，也是一種研究路徑，而多數研究者認為夏宇所關注的核心命題是「時間」。陳柏伶以「生命的時間」來定調夏宇詩中的時間，初步點出詩裡「非實在時間」與「非線性時間」的特質；[40]接著，黃文鉅論述詩中的抒情主體藉由自身的非邏輯化，令歷史主導的記憶達到失憶的狀態，再企圖重建記憶。[41]在他的〈破壞與趨俗：從「以暴制暴」到「仿擬記憶／翻譯的熊」──以《摩擦‧無以名狀》、《粉紅色噪音》為例〉一文中，提到夏宇「渴望迴避時間與空間的侷限與介隔──旅行跳脫空間的戒嚴」[42]，由於他是針對後現代「破壞抒情主體」的部分做論述，因此他所認知的時間與空間是抒情傳統下歷史性的連貫體，跳脫的也是生活經驗裡的時間與空間。

　　這樣來理解夏宇，會發現她的時空不能被涵納在一個圓整的區域裡，然而如果用「想像的經驗」來看待這些時間與

---

[38] 陳柏伶，〈據我們所不知的──夏宇詩研究〉（國立成功大學中文系碩士論文，2004.06）。

[39] 林苡霖，〈夏宇詩的歧路花園〉（國立清華大學中文所碩士論文，2009.07）。

[40] 陳柏伶，〈據我們所不知的──夏宇詩研究〉（國立成功大學中文系碩士論文，2004.06）。

[41] 黃文鉅，〈記憶的技藝：以夏宇、零雨、鴻鴻為考察〉（國立政治大學中文系碩士論文，2009.03）

[42] 黃文鉅，〈破壞與趨俗：從「以暴制暴」到「仿擬記憶／翻譯的熊」──以《摩擦‧無以名狀》、《粉紅色噪音》為例〉，《臺灣詩學學刊》第15號（2010.07），頁230。

空間，我們並不覺得它們有「連貫的必然性」。想像本來就是一種不受限制的流動，想像的經驗形成了宇宙性的記憶，夏宇對日常記憶的「破壞」，在此只成為一種「趨向完整」的過程。

　　而翁文嫻早在一九九八年，便已把夏宇的時間與空間置放在非歷史性的脈絡裡，她關注時間的「當下性」和空間的「移動性」，而非「跳躍性」或「破壞性」。這樣的切入角度，讓夏宇不連續的時空顯得相當自然，詩人不過是遵循想像的經驗而已，想像本身並沒有被「顛覆」。不同於多數研究者與評論者，把夏宇囿於後現代的框架下，不斷論及夏宇顛覆傳統的舉動，翁文嫻反而又再顛覆了夏宇「顛覆傳統」的論調，表明其詩語言可溯及中國古典詩，一如《詩經》那般寫實地描繪出日常景象，不加以修飾。[43]如此看來，夏宇反而比其他現代詩人更能回歸到詩的源頭，她卸下裝飾性的盔甲，刻意以樸拙（或未成形）的語言呈現出眼見事物的樣態，那詩意並不存在於安排過的語意裡，而是存在於事物本身、語言本身裡，這與巴舍拉對詩意的想法相去不遠。

　　接下來，蔡林縉在〈夢想傾斜：「運動－詩」的可能──以零雨、夏宇、劉亮延詩作為例〉中，將德勒茲和巴舍拉的哲學理論結合在一起，對零雨、夏宇、劉亮延三位詩人進行分析，分別從空間、時間、身體這三個向度，探索意象本身的動能與個體存在之間的連結性，以重複的詩語言之間的差異，帶出夏宇對時間的關注。蔡林縉對時間的概念已經脫離了歷史性，延續翁文嫻「當下性」和「移動性」的說法，將夏宇詩裡的時間銜接到各種不同的平面上，他認為夏宇除了如翁文嫻所說的展現出「同時並存的時間」以外，還

43　翁文嫻，〈《詩經》「興」義與現代詩「對應」美學的線索追探──以夏宇詩語言為例探研〉，《中國文哲研究集刊》第31期（中央研究院中國文哲研究所，2007.09），頁121-148。

在其間穿梭自如。[44]蔡林縉主要闡述的是夏宇詩的符號運作模式，認為那是個不斷翻轉的運動狀態，是為了展現出「同時並存的時間」所使用的策略。由此看來，蔡林縉是聚焦在夏宇穿梭在各個當下的「動作」上，而本書則是要關注各個當下的「狀態」，進入一個個當下的世界裡，把視角從時間移轉到空間本身，觀看凝滯了時間的空間，以及詩人在空間裡的夢想姿態。

　　此前陳義芝已在〈夢想導遊論夏宇〉中使用巴舍拉《夢想詩學》的概念分析夏宇的詩作，從詩裡找出夢想的因子。在此篇文章的第三小節，陳義芝從巴舍拉對「煉金術」的論述切入，巴舍拉以煉金的過程來彰顯語言的原始性質，並且說明煉金術是將純物質與不純物質混合，淬煉出「純物質」。[45]這樣的概念透露出兩種意涵，一為語言的意義與其物質性不可分割，二為需要經過純與不純的融合，才能消除雜質，達到純物質的狀態。陳義芝以此概念來連結夏宇的語言形態，認為她捨棄日常語言的社會性、回到語言本身，亦即回到最初尚未被庸俗化、懷有夢想的語言裡。另外，亦有其他評論者論及夏宇詩語言的純粹性，蕭蕭表示夏宇是個純詩人，[46]羅智成也說夏宇是「為了要開發出一種意義飽滿又不洩露訊息的純粹詩」[47]，而孟樊、廖咸浩則直接點出夏宇文字的物質性。

　　因此，從夏宇運用語言的方式，便可以看出她類似煉金的動作，她的詩集也彰顯了煉金的不同階段：《備忘錄》與《腹語術》是較為不純的語言、《摩擦・無以名狀》是未

44　蔡林縉，〈夢想傾斜：「運動─詩」的可能──以零雨、夏宇、劉亮延詩作為例〉（國立成功大學現文所碩士論文，2010.06）。

45　陳義芝，〈夢想導遊論夏宇〉，《當代詩學》第2期（2006.09），頁157-169。

46　蕭蕭，〈談備忘錄〉，《文訊》第16期（1985.02），頁115-118。

47　羅智成，〈詩的邊界─關於夏宇《摩擦・無以名狀》〉，《摩擦・無以名狀》（夏宇出版，台北：唐山發行，1995.05），無頁碼。

淬煉的純語言、《Salsa》是淬煉過的語言，而《粉紅色噪音》中詩作的形成方式——將英文句子丟進翻譯軟體裡，根據譯出的中文字詞再去修改原文——更是直接呈現出煉金的「動作」。像這樣以不同語言之間最原始的詞彙去對應，取代詞彙之間的組合規則，就是要捨棄邏輯性的思考、回到語言這個物質本身，可見夏宇面對語言的方式與巴舍拉不謀而合。

陳義芝讓我們看到夏宇詩裡夢想的可能，不過並未深入分析，而遵循著巴舍拉的理路，詩中的夢想可以被一步一步「淬煉」出來，如同煉金術一般。我們看到夏宇運用詩語言的方式與巴舍拉對語言夢想的闡述相符，語言是研究夢想的依據，從語言進入夢想，是一大段驚奇的旅程，體驗不完。巴舍拉在《夢想的詩學》導論裡言道：「詞的音節開始騷動。」[48]而夏宇在《摩擦‧無以名狀》的自序裡言道：「字是黃金、乳香和沒藥。字是肉桂。肉和桂。因為這兩個音的奇異組合，我甚至願意喜歡它的氣味。」他們二人對於詞彙的想像不是很接近嗎？

前文述及對夏宇詩的理解面向，從時間到空間、從空間到夢想的移轉狀態，那麼「空間」作為一個思緒移轉的中介點，該如何著手？

巴舍拉言道：「空間把壓縮的時間寄存於無以數計的小窩裡。這正是空間存在的理由。」[49]邱俊達特別將這段話做了解釋，他認為巴舍拉把時間與空間兩者的關係拉到「瞬間時間」這個概念上，並且述及後者駁斥柏格森[50]所謂「時間

---

[48] Gaston Bachelard著，劉自強譯，《夢想的詩學》（北京：生活‧讀書‧新知三聯書店，1996.06），頁23。

[49] Gaston Bachelard著，龔卓軍、王靜慧譯，《空間詩學》（台北：張老師文化，2007.04），頁70。

[50] 法國哲學家，著有《論意識的直接材料》、《物質與記憶》等書。

是綿延性的」這個論點。[51]於是我們將「瞬間時間」與翁文嫻分析夏宇詩時所提出的「當下性」這個概念對照著看，不難發現兩者在意義上的一致性，皆是將時間濃縮成「短暫的現在」。如同巴舍拉所云：「意識是瞬間的意識，而瞬間的意識才是意識……（中略）……未來的意識和意義就在現在之中。因此，我們在時間和空間中進行建構。」[52]那麼我們便能夠從此處著手，以他對時間與空間的看法來詮釋夏宇，將時間凝滯在短暫的片刻上，空間隨即延展開來。至此，夢想主體在瞬間的時空交會中顯露出來。

▌ 三、巴舍拉的詩意想像

（一）詩意的延展：意象（image）與想像（imagination）的作用

狄爾泰論及到詩的核心時，表示相對於一般日常性的心理經驗，內在的經驗更加具有震撼性，[53]詩意便是源自於內在經驗。於是我們先從一個問題切入，那就是：詩意如何可能？怎麼發現詩意？

文學作品始於詩歌，從西方的思想起源來看，一開始柏拉圖只將文學視為模仿現實生活的產物，不像哲學可以跳脫現實的框架，掌握真理。而亞里斯多德修正了柏拉圖的觀點，認為文學不只反映現實世界，更創造了另一個世界。其

---

[51] 邱俊達，〈朝向詩意空間：論巴舍拉《空間詩學》中的現象學〉（國立中山大學哲學所碩士論文，2009.06），頁16。

[52] André Parinaud著，顧嘉琛、杜小真譯，《巴什拉傳》（上海：東方，2000.11），頁76。

[53] 鄭樹森，《現象學與文學批評》（台北：東大圖書，1984.01），頁11-12。

中，語言是真實世界反映在文學作品中的重要媒介，世界直接傳遞出來的訊息，與通過語言傳達的訊息是有所差異的。因此，雖然詩人的意識活動是以現實世界為基底，卻不被框限住，他們用自己的意識來開啟對事物的想像，他們安排語言，將想像力注入，喚起語言本身的活力。此時，語言所構築出來的邏輯已經沒那麼重要，詩不仰仗邏輯，而是透過各個語詞之間的交會，迸發出新的想像。如同海德格所言：「被純粹地說出的一切，是在其中作為被說出的一切的本體的說話的完成，也是說話的本源。被純粹說出的一切皆是詩。」[54]純粹地說話，就是純粹地運用語言來形構意象，完成想像。

　　巴舍拉認為詩中的種種意象，就是由詩人想像活動的經驗所構成。想像的活動是沒有邊界的，並非如同心理學家所認為的那樣，只根據個體的生活經驗來活動。意識透過感官的協助，將生活世界所呈現給我們的一切投射到自己內部，開展出一個想像的空間。詩人將這個空間書寫出來，組成這個空間的意象源自於詩人對生活世界的直觀，以現象學的方式來觀看這些意象時，我們可以把握到詩人的意識經驗，把握到生活世界的本質。身為科學家的巴舍拉，把理性的「知」與個人經驗結合起來，尋求一個和解的可能，於是深入探索物質的性質，將人引入其中，對著物進行想像，此刻所獲得的精神性產物既超脫於物質，又源於物質。在早期的論著中，他主要以精神分析的方式來研究物質本身，包括地、水、火、風等元素，到了晚期才轉而研究詩意，展開對詩意的現象學研究。

　　關於巴舍拉對意象的看法，根據黃冠閔的整理可以歸為兩點：

---

[54] 轉引自熊偉編，《現象學與海德格》（台北：遠流，1994.10），頁171。

（1）意象是心、靈魂的直接產物、是現實中人存有的
直接產物，這是作為意識的直接相關項、直接涉
及主體的意識，而不受制於主體的個人歷史、文
化與背景。

（2）意象並非一個固定的對象，由於是意識的直接產
物，意象可以有種種形變（variationnelle），這些
形變彰顯出意識者的主體性。[55]

至於意象如何發揮作用，邱俊達也在論文中解釋巴舍拉
的想法：「透過沈溺所進入的日夢（daydream）[56]中，首先
化解掉了主體－客體的對立關係，閱讀中所遭遇的意象，不
再是一種達成認識目的的客體對象，而是激發想像活動、打
開詩意空間的對象。」[57]詩的意象作用在空間裡，形成詩意
的空間。

在《空間詩學》裡，巴舍拉闡述了詩意象建構「語言
空間」的方式，以各種實體空間作為感覺語言空間的依據。
詩意識「浸潤」在詩的意象之中，意象透過語言顯露出來，
此時的語言不同於日常生活的語言，後者是用來溝通的，理
性而有邏輯，而前者是用來開啟想像的，回歸到語言及語言
所指涉的物質本身。我們對著語言本身想像，也同時對其所
指涉的萬物作無止盡的想像，語言除了串連出意義的網絡，
更是物質的代言者，可以無限擴張的立體空間，有著無限的
可能。透過語言，對萬物做無止盡的想像，這份想像是幸福
的，於是空間裡充滿了幸福。

---

[55] 黃冠閔，《在想像的界域上——巴修拉詩學曼衍》（台北：台大出版中心，
2014.12），頁188。

[56] 巴舍拉在《空間詩學》中述及：「我們從已經建構好的世界，移向一個夢境
世界，我們已經離開了小說（fiction），走進詩歌裡。」詩歌的世界被夢的
氛圍環繞著，讀者藉此得到一種幻象，那便是一種想像力的活動，巴舍拉稱
之為「日夢」。

[57] 邱俊達，〈朝向詩意空間：論巴舍拉《空間詩學》中的現象學〉（國立中山
大學哲學所碩士論文，2009.06），頁35。

而邱俊達在〈朝向詩意空間：論巴舍拉《空間詩學》中的現象學〉中，從另一個角度來看待所謂幸福的空間形態，他認為巴舍拉花了不少篇幅描寫到地窖、茅屋等隱含敵意的空間，便是為所謂的幸福空間埋下了「廢墟空間」這個根源，只有身處在廢墟之中，才能發現幸福。換言之，只有思考能襯托出想像，夜夢襯托出日夢，因此在觀看詩意空間時，我們必須想到自己正在離開「理性」，只有離開和抵達同時進行，幸福感才會誕生，只有那「廢墟」一直存在，才能夠不斷離開。

　　談到詩意空間由語言所構成，也可以回扣到海德格的論點，陳榮華將其言論整理如下：「語言是存有的屋宇，人住在語言的住所中，思考者是這住所的守護者。他的守護就是要完成存有的呈現，存有的呈現是：只有在他的說出中，將存有帶到語言去及在語言中保存著它。」[58]將海德格這樣的概念套入詩語言與詩人的關係之中，可以發現詩語言形構出「能被看見的」屋子，讀者被邀請進來這幢房屋裡面，看到由各種意象所堆砌出的每一個角落，而詩人是守護這棟屋子的人，他守護著屋裡的想像能量，詩人將想像帶到語言中，想像在語言中被揭露。與海德格不同的是，巴舍拉不把重心放在語言的存有特性，而是那其中超越存有、所蘊含的想像力。此外，兩人對詩意想像的概念也略有差異，卻又能夠相互參照。

　　海德格這樣描述詩意與想像的關連：「真正的形象（image）做為景象（spectacle）讓不可見可見，而且這樣在與他陌生的物中想像（imagine）了不可見。因為詩意採用了神祕的尺度，就是，用天空的面容，因此，他用「形象」說話。這正是為何詩意的形象是在最好意義上的想像

[58]　陳榮華，《海德格哲學：思考與存有》（台北：輔仁大學出版社，1992.04），頁176。

（imagining）：不僅僅是幻想和幻境，而且是構成形象，是採用熟悉的目光中的陌生的、可見的內含物。」[59]這裡我們可以看到，是「詩意的形象（image）」讓詩意的想像被彰顯出來。以海德格的觀點來看，想像本身沒有實在的對象，只有一個把握實在的動作，把熟悉的事物從不可見想像為「可見」，把陌生的事物想像為「不可見」。

而巴舍拉所指的想像（imagination）不同於對事物的單純映像（imagine），也不只是把對事物的知覺提取出來，讓不可見變得可見。他的想像不是一種形構的過程，而是變形的過程，詩裡的意象即是將熟悉的事物變形過後的成果，在此想像的獨立性和主動性被突顯出來。[60]此外，巴舍拉的想像根據物質而延展開來，不僅作為「變形」之前的原料，也帶出了物質更多的可能性。觀看巴舍拉對物質的想像，我們不再把物質視為實在物，而是超越實在、存在於宇宙一角的某種力量。

（二）從詩意空間到夢想：日夢（daydream）與夢想（reverie）的機制

巴舍拉先以《空間詩學》這部著作，描述了詩意空間的形構方式，去除場所（Place）的功能性，以個體對那些場所的直接感受，作為打造詩意空間的建材，而意象的串聯就是意識的活動，內部意識藉此達到日夢的狀態。接著，巴舍拉延續詩人對日夢的想像，深入到夢想之中。日夢是白日的夢，而夢想是「沉浸」在日夢中所能抵達的狀態。他在《夢想的詩學》此一著作中，說明他對於「夢想（la rêverie）」

---

[59] Martin Heidegger著，彭富春譯，《詩・語言・思》（北京：文化藝術出版社，1991.02），頁197。

[60] 參考自黃冠閔，《在想像的界域上——巴修拉詩學曼衍》（台北：台大出版中心，2014.12），頁245。

的詮釋，並非依心理學家一般所認知的「減弱的意識」，他說：「我們要研究的夢想是詩的夢想，是被詩置於上升傾向的夢想，是擴展的意識能夠追隨的夢想。」[61] 他認為夢想是一個個體最終需要回返的安寧狀態，我們在夢想狀態中完成自身，擺脫社會中的自己，成為存在於天地間的自己。

　　巴舍拉在《夢想的詩學》接近結尾的地方寫道：「我好像聽到詩人說：『你終於飛翔起來了吧，讀者！你還待坐著不動，而整個宇宙都奔赴飛翔的命運？』」[62] 這句話真切而急迫地表達著，讀者必須跟隨著詩人一同夢想，因為詩意本身就是夢想。巴舍拉是如此盼望，詩應該要被夢想著，而不是被理性的解讀，為了達成這個願望，他描述夢想，並且將想像與理性區分出來，讓大家認清夢想和非夢想的狀態，以及夢想中所包覆著的想像與理性的元素。

　　巴舍拉將具有想像特質的狀態稱為陰性，將具有理性思考特質的狀態稱為陽性，也用他的母語——法語詞性的陰陽，和詞語所指涉的事物狀態做個連結。他認為陽性的物體是充滿力量的、意圖明確的，陰性的物體則是柔軟的、寧靜的、沒什麼意圖的。正如巴舍拉的這一段話：「因其使用價值而喜愛事物，這屬於陽性。這些東西是我們的活動和激烈活動所組成的。但是從內心裡，因其本身而喜愛事物，為其悠悠然狀而喜愛，這就使我們進入了事物內在的迷宮。」[63]

　　關於夢與夢想的區分，巴舍拉認為夜晚的夢是理性意識的殘餘，也屬於陽性，而白日的夢想才是陰性的。但是他認為夢想內部是陰陽並存的，夢想的軌跡是從陽性走向陰性，

[61] Gaston Bachelard著，劉自強譯，《夢想的詩學》（北京：生活・讀書・新知三聯書店，1996.06），頁80。

[62] Gaston Bachelard著，劉自強譯，《夢想的詩學》（北京：生活・讀書・新知三聯書店，1996.06），頁262。

[63] Gaston Bachelard著，劉自強譯，《夢想的詩學》（北京：生活・讀書・新知三聯書店，1996.06），頁41。

而夢想者為了裝載互相排斥的陰性與陽性，必須以自身的兩種形象來分別盛裝起來。為此，巴舍拉借用榮格的學說，以他的陰陽同體這個概念，闡述夢想者的狀態。榮格認為無論性別，任何人都有著陽性和陰性的特質，也就是心靈裡的男人和女人，榮格稱前者為「安尼姆斯（Animus）」，稱後者為「安尼瑪（Anima）」。巴舍拉用這兩種形象，來解釋夢想者內部的陰性與陽性的呈現狀況，以及他們之間的互動。當夢想者的安尼姆斯和安尼瑪互相爭鬥，便只能處於無法夢想的陽性狀態，只有兩者和諧共處，讓安尼瑪觸動安尼姆斯的力量，完全發揮出來，才能夠完成夢想。換言之，安尼姆斯的力量取決於安尼瑪，能不能夢想取決於安尼瑪，所以夢想屬於安尼瑪。

除了夢想的「構造」之外，巴舍拉還需要追索夢想的源頭：童年的孤獨。在《空間詩學》中，巴舍拉用童年的家屋意象，帶領我們回到自身的孤獨；到了《夢想的詩學》，我們發現回憶是有季節的，季節是擴大了的童年形象，即使會忘記童年回憶的確切時間，當時季節所帶來的感官知覺，卻是難以忘懷的。回憶中季節的形象帶來了幸福的源頭，意味著我們的孤獨開啟了幸福。

而夢想的終極目標是進入宇宙的夢想，將夢想者與夢想的世界串連起來，一同呼吸、一同脈動，看到大自然中的各種景致，那道陽光、那片湖水……夢想者在它們之中感受著，此時時間是靜止的：「夢想者的宇宙使我們置身於靜止的時間中，它幫助我們融化在世界中。」[64]在這裡，圓整的夢想讓空間在靜止的時間中延展開來，於是我們真正成為了宇宙的一部分。

如何進入詩的領域？巴舍拉是這樣說的：「詩的形象

---

[64] Gaston Bachelard著，劉自強譯，《夢想的詩學》（北京：生活・讀書・新知三聯書店，1996.06），頁80。

（image）從四面八方侵入空間，從一個世界到另一個世界，呼喚著耳朵、眼睛來參與甚至擴大了的夢想。」[65]從這裡可以發現，空間的凝聚與穿越特性，是巴舍拉為我們打造的一條通往詩的路徑，對詩進行夢想，真正進入詩。而為了讓這條路徑紮實一些，他適時地從心理學與現象學取徑，根據其對詩作的想像，將之繼承與變形，可以說巴舍拉的論述本體一如其論述對象，等於在詩裡面論述詩。本書在使用巴舍拉的理論分析夏宇詩作時，亦會採取如此作法。

（三）夏宇的夢想形狀

巴舍拉所言及的那些居於「幸福空間」的形象，與夏宇那不斷「逸出」空間的形象有什麼交會的可能？靜止的時間與無限分裂跳接的時間又如何相遇？看似無法聚攏的意識，該如何面對、處理，以此得出某種可能呢？

我們先從夏宇看待「字」的方式談起，詩集的設計最為顯而易見，她刻意不裁切《摩擦·無以名狀》和《Salsa》的書頁，讓讀者自行割開或撕開，那個當下，字會從我們手中躍出，從窺探到坦坦白白的看到，人與字的距離彷彿近了一些。如若選擇維持原樣，我們會特別意識到那些詩句在「書頁裡面」，不再只是印在紙上，而是待在書縫中，於是「字」忽然有了體積。更別說由《腹語術》轉生而成的《摩擦·無以名狀》，儼然成為「被剪下的字句」的家，它們彷彿流離失所，終於覓得一個安身的所在。

若我們再去閱讀《詩六十首》，刮開素色的封面，原先藏身於底下的詩句立即現身，那裡有《詩六十首》當中所有的詩句。這一場相遇始於我們的指尖，先觸碰了，才認得它們的樣子。我們對著這一本詩集夢想，由指尖來賦予它

---

[65] Gaston Bachelard著，劉自強譯，《夢想的詩學》（北京：生活·讀書·新知三聯書店，1996.06），頁35。

形象，於封面現身的形象圍繞著整本書。夏宇的夢想中有讀者，邀請我們主動對她的夢想進行夢想，那覆在字上的薄膜——借用巴舍拉的話語形容——便是一塊詩人提供的麵團，是人與宇宙之間的可塑中介，每個讀者都會揉捏成不同的形狀。夏宇還向大家徵求刮過的封面照，展示於她的網站，詩人既展開了夢想，又收攏了夢想。

而那塊「麵團」又怎麼在詩句當中顯現呢？夏宇如此描寫她閱讀詩集的經驗：「詩集一直在桌上攤開著，一天讀一點，出門後，詩將離開書本在空屋裡行走，與音樂相遇。」[66]那天，她的屋子裡放著音樂，詩集攤開在桌上便出門，詩成為「會行走的存在」，而音樂充滿了整個屋子，等待著詩的到來。在夏宇的目光裡，詩文字就這樣不斷出走，散漫而無目的，然後被音樂接住，音樂會將逸出的詩聚攏在一起，讓一個空間的界線更加鮮明。因此我們可以發現，夏宇經常將不一定有意義的音節擺放在詩裡，形成一種「氣氛」，比如她說：「最近的一個作品〈要不要一起加入共產黨〉就是只用字的音感去寫，果然後來就發現他很適合念而不適合解讀。」[67]

音樂的氣氛成為詩人與詩句之間的「可塑中介」，將那些斷裂的時空包裹起來，如同「在二輪電影院裡唸詩」一般，播放的電影畫面可以無限跳接，觀眾隨之進進出出，期間唸詩的「聲音」持續迴盪在電影院裡，無論螢幕上的時間如何行進，螢幕之外的聲音突顯了「電影院」的存在感。夏宇提及她的聲音演出經驗時表示，腦中充滿了句子，還只是一堆雜音，有一天調對了頻，她會把那些不斷湧現的句子念出來：

---

[66] 夏宇，〈鏡中之牆〉，《聯合報》，1990.04.02，第29版。
[67] 夏宇訪談，〈一手寫詩，一手寫詞〉，《誠品好讀》第45期（2004.07），頁54-55。

河床劇團的郭文泰上場念了英文版的〈帶一籃水果去
看她〉，陳珊妮戴鴨舌帽上來哼著〈你不覺得她很適
合早上嗎？〉讓我把詩念完，我的法國朋友上場用嘴
巴模擬幾種樂器的聲音為我伴奏，我感覺到台下站著
坐著的朋友和讀者……他們的存在忽然有一種凝聚
的力量讓我覺得這樣一個晚上一定有一個我還沒發現
的好理由；……有一個短暫飽滿的一刻，一切的聲音
灌進耳朵像仰躺在海面上耳朵灌滿海水被浪輕打著而
我的腦中充滿了句子……這樣的一個晚上我們來到的
仍然是一個還沒有調對頻道的雜音地帶，有一天一定
會出現一個清晰的所有人都調對了頻的充滿了善良的
默契的晚上，我會把我腦中那些不斷湧現的句子唸出
來……[68]

　　一旦調對了頻，那些雜音會融合得很好，適宜唸出來。
如《粉紅色噪音》的噪音詩，她與機器詩人的合作充滿了成
堆噪音，在「粉紅色」的包圍下，融合成「粉紅色噪音」，
轉變為聲學裡的「遮蔽音」，雜音不見了，只剩下乾淨的
聲音。
　　那麼，現在來看看夏宇在詩中安插音節的模式：

　　有人喜歡咳嗽有人更喜歡在音樂會裏
　　咳嗽尤其是協奏曲尤其是第2章節有人則忍住
　　（有人贊成壓抑）至於噴嚏，她說：
　　每當進入一個新的空間在最接近大門的
　　一張椅子上坐下來首先壓縮了椅墊和

---

[68] 夏宇訪談，〈一手寫詩，一手寫詞〉，《誠品好讀》第45期（2004.07），頁
54-55。

椅墊間的空氣再以微微不安的姿勢振動椅背
我在心底深處發出一組嗚吧吧吧嗚
吧吧吧的調子如果此時有一些餅他就會
帶著餅進來以一種完全不知情的
神氣（不知那些餅由何製成以及為何
帶餅而來）然後我們就和好之類了
而在三度引用自己的警句之餘
仍然劇烈地成為方圓百哩內七個戴棒球小帽
中間的一個的他無礙宣布了各類
不期然而達致的
親密關係的罅隙我在心底深處發出
嘎嘎嗚嗚啦的雜音在深處心底深處
完全我們互相彼此的瞭然所放出的幽微的
光，的光，的光
光就在空氣中啟動了最神祕的暗流並以
極深刻的謙遜姿態到達
激起三至四個噴嚏[69]

　　那人進到一個空間裡，與椅子產生共鳴：「嗚吧吧吧
嗚吧吧吧」，從心底深處發出的聲音穿越了「他」的到來和
各類親密關係，來到「嘎嘎嗚嗚啦」，這中間混亂的一切在
此番串連之下稍微和諧許多，混亂的狀態在我們與物體所產
生的共鳴之中達成一致，那「雜音」釋放出「我們」的光、
「的光」、「的光」這般有節奏的前進，令心底
的震動傳遞到日常，激起三至四個噴嚏，成為整場音樂會的
一部分。聲音將中間那些斷裂的時空串連起來，迴盪在某一
個空間裡，如〈嚇啦啦啦〉中的「嚇啦啦啦」、〈某些雙人

[69] 夏宇，〈偵探小說疏忽的細節〉，《腹語術》（現代詩季刊社出版，台北：
　　唐山發行，2003.03），頁4-5。

舞〉的「恰恰恰」、〈伊爾米弟索語系〉的「燉凍豆腐」、
〈背著你跳舞〉的「背著你」、〈Is everybody in〉的「翻
滾吧翻滾吧」、〈串連佔領空屋〉的「mmmm」……。幾
個字詞在一首詩裡不斷重複，其本身的意義不大，聽覺上的
連貫才是主要的功能，於是我們在閱讀中，不斷受到那些無
意義的存在干擾閱讀，卻又在讀完詩的時候，感覺到其所引
致的和諧。

　　巴舍拉強調夢想內部的和諧狀態，各種形象以美好的姿
態降落在裡面。然而夏宇在談音樂的重要性時，卻寫著音樂
以外的事物無法改變氣氛，人們因此顯得憂鬱：

　　　　人家總問寫詩與寫歌有何不同？以鴿養獅？以獅餵
　　　鴿？在生物鏈裡這個問題根本不重要。曰小眾曰大
　　　眾，既然我也根本從來沒有明白過眾為何物，我可能
　　　也有能力把它們寫得更好或更壞但是時機沒有允許。
　　　它們就是這個樣子的。其實詞根本根本不重要。貓最
　　　重要。貓最重要。那第二重要的是什麼呢？是音樂，
　　　有詩為證：

　　　　在你的葬禮上
　　　　有人上台講述生平行誼
　　　　你躺著聽
　　　　你已經失去任何立場表達意見
　　　　只能暗地希望這一整套可以換
　　　　另一套配樂
　　　　音樂確實改變氣氛
　　　　如果不能改變那些人那些話那些
　　　　事件和那些裝置
　　　　人確實是雜交的

只是不知道為什麼就是會愛上
剩下的也只能交給音樂
那確實就是大家那麼憂鬱的原因[70]

　　音樂似乎成了「剩下的」選項，大家也因此而感到憂鬱。即使夏宇卸去了意象那「被解讀」的特性，交給「氣氛」，然而相對於巴舍拉不斷描繪意象的「清新感」，她的詩反而顯得悲傷而憂鬱，更精確地說，是「刻意直接說出」的陰鬱，伴隨著冷靜無謂的語調。如此一來，該如何發現夏宇詩作中的美好形象呢？邱俊達在巴舍拉的「幸福空間」背後，看到一個「廢墟空間」，他花了不少篇幅描寫到地窖、茅屋等隱含敵意的空間，以襯托出美好的空間形象。換言之，「陰鬱」是「幸福」當中不可或缺的一環，夏宇的幸福在於她面對陰鬱的方式。黃文鉅表示：「夏宇為了實現幻滅的顏色，體驗每一趟旅程到達之後的神祕——某暗示，曖昧，模糊，不可言說。」[71]是了，夏宇為「幻滅」添上顏色，予其安身之處——不斷抵達的神祕之所在，那不可言說的神祕正是對於「幻滅」形象的夢想，那些反覆出現在詩作中的悲傷、憂鬱、無聊、厭煩不再困於自身，它們走了出來，逐漸被夢想淨化：

慢慢遺失了他們
很快寫好了詩
押著蚱蜢般的韻

70　夏宇，〈十四匹騾子交換一個廝混的黃昏——H與L的對談之二〉，《這隻斑馬》（夏宇出版，香港：歐氏兄弟發行，2010.10），無頁碼。
71　黃文鉅，〈記憶的技藝：以夏宇、零雨、鴻鴻為考察〉（國立政治大學中文系碩士論文，2009.03），頁166。

在夏日的草叢裏

跳躍消失

然後我就一無所有

剩下一隻鐲子

眉心一顆硃砂痣

剩下一塊明礬放進混濁的夜裏

許久　我聽見有人清晰地說

我愛你[72]

這些詩句可與席慕蓉的〈試驗之一〉做個對照：

他們說　在水中放進

一塊小小的明礬

就能沉澱出　所有的

渣滓

那麼　如果

如果在我們的心中放進

一首詩

是不是　也可以

沉澱出所有的　昨日[73]

席慕蓉將「詩」的形象與用來淨化的物質「明礬」連結
再一起，淨化的時候，詩是不可或缺的存在，換言之，其存

[72] 夏宇，〈逆風混聲合唱給匚〉，《腹語術》（現代詩季刊社出版，台北：唐
山發行，2003.03），頁75。
[73] 席慕蓉，〈試驗——之一〉，《無怨的青春》（台北：大地，1984），頁
138-139。

在達成了夢想。夏宇則不一樣，她寫了詩，接著遺失它，主動遺失的存在才是開展夢想的核心。她令遺失主體淨化混濁的夜──那充滿敵意的物質，剩下淨化之後的「愛」，冷靜而不熱烈，與種種陰鬱同等份量。夏宇並不著力形塑出一個「看上去美好的空間」，而是「可以容納陰鬱的空間」，與巴舍拉所追求的詩意本源並無二致。因此，以夢想詩學的角度看待夏宇，可以將其表面的「冷漠」與「破壞性」剝除，透露出其中的光，亦能藉著她的特殊性，為夢想詩學帶來不一樣的視野。

四、安尼瑪式的書寫路徑

　　本書以加斯東・巴舍拉談論空間與夢想的著作作為切入點，嘗試以新的角度探討夏宇的詩作，將詩作裡的意象與物質本身的形象疊合在一起，開啟詩人與世界之間的通道，淡化她的「破壞者」形象，描繪出新的樣子──夢想者，以及夢想中的接收者與技術人員。

　　夢想的探索並非一直線的，依巴舍拉所言，科學家一次實驗結束，便會往下一階段邁進，而煉金術士則會不斷重新開始純化，夢想者有著煉金術士的心靈，對於物質的探索永不停止。為了實際走過夢想的純化路徑，這裡不僅以「安尼瑪」的方式閱讀，也希望透過「安尼瑪式」的書寫，能夠將夢想描繪得更加清楚深刻。於是本書的每一章都是一次「重新開始」，第二章先梳理安尼姆斯與安尼瑪的狀態，再從空間進入，結束在夢想中；第三章再度「重新開始」從空間進入，亦結束在夢想中；前二章都是從詩作裡探索，第四章

回到詩人本身，「重新開始」通過自身的空間，來到夢想的身體裡。再將這樣互相包裹的歷程再度攤開，是一條從靜止到活動、由淺至深的直線，第二章看到夢想，第三章抵達夢想，第四章涉入夢想。

本書一共五章，第一章先梳理夏宇於現行研究中尚可深入探尋之路徑，並且簡述巴舍拉的思想，提出夏宇和巴舍拉意念交會的可能。第二章開始對混雜的物質進行純化，在分離之際發現本質。第一節深入詩中的安尼姆斯與安尼瑪的形象，發現雌雄同體的線索，夏宇所述及之「我」與「你」經常呈現出獨特的關係，藉著他們的互動模式，夢想的形象被擴張出來；第二節描繪旅舍和家中的臥房於不同時刻交會的狀態，在時間的縫隙中看到空間；第三節從目光的交會之中發現夢想，看看夢想的存在如何將詩人和世界聯繫再一起。

到了第三章，分離的物質又重新融合，一次比一次更加接近夢想，然後在某些不經意的瞬間突然抵達。第一節我們行走在夏宇詩中的城市裡，把過往失落的當下找回，帶往當下的空間，凝聚在其中；第二節從巴舍拉「內與外的辯證」的論點切入，看看在夏宇的詩中，凝聚與擴張如何同時進行著，在這之間抵達夢想；第三節夢想收束，降落在夏宇對日常的描繪中，生活裡的人和宇宙一起膨脹，那夢想中的形象──夢想的安尼瑪與安尼姆斯降落到生活裡，成為貓、狗這兩種生活的形象，包裹著詩人。

第四章將梅洛－龐蒂的《眼與心》融入巴舍拉的夢想裡，形成「夢想的身體」，夏宇藉由夢想的眼睛與耳朵，觸及顏色與音樂，然後抵達這兩者交織而成的「虛擬的電影院」。第一節運用夏宇在《摩擦‧無以名狀》前言所提及的「詩即顏色」的概念，走過她在文字與藝術作品之間拉出的路徑；第二節是關於聽覺的部分，先梳理詩與詞之間親密／疏離、合作／抵抗的關係，再提及聲音、音樂、歌曲如何涉

入夏宇的詩；第三節針對夏宇的新詩集《第一人稱》討論，那些被視為未開拍的電影劇照，揭示出一個「虛擬電影院」的存在，其與播放出的影像之間形成了某種互動。不同的感官經驗與詩文字交會，在在彰顯了語言的物質性。

　　第五章為全文總結，自詩裡到詩外，自詩作到詩人，到這裡收束在夏宇本身，給予夏宇一個異於其他研究者的新的「形象」。她將不只是女詩人，或一個破壞性的、戲耍的詩人，甚或是夢想的詩人，而是一個關於「沒什麼」的「技術人員」，嚴謹地、技術性地對被忽視的日常進行夢想，以安尼姆斯的姿態尋找安尼瑪，將其陰陽同體的性質顯露出來。如此除去單一性別、文體的定位，只會看到一個致力於在「沒什麼」當中發現未來的「人」。

第二章

相遇始於分離：
空間現身，夢想現身

本章從具體的形象開始，逐漸朝向難以把握的形象。先以容易被理解的男性與女性形象切入，看到夢想中具有的兩種特質如何互動，再帶到時間的切割，以空間來承載各個當下主體。接著以目光開啟某個虛擬的「空間」，作為夢想的存在基底，聲音在裡面，回到最原始的樣子展開。這樣一整段歷程，逐步剔除日常經驗，來到純粹的想像經驗。安尼瑪與安尼姆斯的形象也從「人」逐漸轉換為「物質」，陰陽兩個極端的特質逐漸淡化，僅剩下「誰顯露了誰」的狀態。於是夢想的安尼姆斯與安尼瑪涉入到更加裡面，一如強壯而理性的安尼姆斯托起了柔軟而感性的安尼瑪，安尼瑪則充實了安尼姆斯，在此嘗試將之套進「空間／時間」、「目光／聲音」的互動。空間承載並顯露了時間，目光承載並顯露了聲音，而時間與聲音的存在，也擴大了空間與目光的邊界，成為超越自身的存在。由此，超越自身的安尼姆斯形象鮮活了起來，為我們所見。

一、投射出遺忘：從安尼姆斯與安尼瑪的分離開始

在觸碰夏宇的夢想之前，我們必須先了解她所描寫的愛情，不單只是男人與女人之間的戀愛，更揭露出安尼姆斯與安尼瑪之間的辯證關係。詩中的人們隨時可以擁吻，愛人們會在某句突兀地現身，又驟然離去，我們看不到愛苗如何滋長又如何消逝，只知道它確實存在。這樣的模式明顯昭示出愛的多重可能性，易於連結其他物質。然而，我們可能會陷入一種危機，如果愛的描寫這麼平凡而突兀，無論是面對

戀人，或是面對天地萬物，皆鮮少頌讚之語，那麼如何能看到夏宇的夢想？如何能夠證實她擁有不僅止一瞬間存在，跨越時間的愉悅？夏宇對於每一種形象的描繪經常中斷而不完整，卻往往能聚集成一個巨大而原始的形象。我們無法以尋常的模式進入這條夢想的小徑，不似巴舍拉經常運用形象完整的詩句，使我們得以見到對各種形象進行夢想的樣子。因此對於夢想者而言，夏宇的詩句不好「夢想」，甚至感覺不斷被各種混雜在一起的形象干擾，一不小心會想「理出個頭緒」。

　　我們不想掉入這個陷阱，夏宇也不希望，她透過各種行動暗示我們不要猜測她的「企圖」，那些詩本來就是以我們所看到的樣子存在。這樣的創作本源，不正是夢想的姿態嗎？夏宇展現了她對事物的夢想，我們不需要試圖接近，只要直接帶著自己的夢想進入她的夢想，她將不會排斥任何人。我們深知她的邀請不帶任何成見，然而若只觸碰詩作中所描繪的那些形象，或許會迷失在她夢想中縱橫交錯的小路裡，因太多的岔路而焦慮——為什麼又有岔路了？這些岔路的出現有什麼必要性？在夏宇的夢想裡，每一條岔路的存在都如此必要，卻又沒有理由，正如我們不會懷疑自然界裡的每一個元素存在的理由，只會去認識他們生存的歷程。

　　倘若不斷出現的岔路，使我們無法對著視線向前延伸的路進行夢想，那麼就先看看轉角吧！即使有無數個分岔，仍是「同一條路」，源自於同一個起點——「夏宇」。當我們出現在「路上」，觸目所及都是岔路，便容易開始思考走「哪一條路」，因而脫離了夢想。為了跳脫思考狀態下的「選擇」，遵從自己的夢想，放心給夢想牽引到其中一條岔路上，我們需要領會那些轉角的本質——那不是阻斷夢想的因子，而是夢想的必經之路，走過那些斷開、迷惑、沮喪、厭煩的字句，以及被它們所佔據的自己，抵達美好。在〈降

靈會Ⅱ〉當中，夏宇引用杜象的話：

> 幽靈體貼地再度為我們引述一段話作為結束，
> 馬塞爾‧杜象，關於，就是關於厭煩：
> 「偶發藝術將一種前所未有的元素
> 引進藝術裡：厭煩。
> 故意做一件使人感到厭煩的事
> 這個觀念是我從來沒想過的
> 真可惜。
> 這是個很美的意念。」
>
> 好，明天我們再繼續討論厭煩[1]

　　平日裡的厭煩若是被刻意為之，便成為一個「很美的意念」，夏宇把這個「很美的厭煩」帶到好多個明日、好多個未來裡，以轉角的姿態呈現在我們面前，在厭煩之中找到光，在噩夢之中找到夢想，在經常中斷、替換的愛當中找到永恆的愛。因此，我們投向岔路的目光需要調整，自銳利轉向圓潤，對著接縫處夢想，讓那些岔路在我們的夢想中靠攏、融合，一如它本來的樣子。夢想的出現總是先促成分化，才重新融為一體，原先夏宇「只有一個」，當夢想投射到她身上，便分裂出「夢想中的夏宇」，在不同的時刻裡持續分裂，於是產生眾多「化身」。夏宇在詩中留下本體與化身分裂的線索，藉由「愛」和「愛人」的形象，呈現出生活逐步理想化的過程。

---

[1] 夏宇，〈降靈會Ⅱ〉，《腹語術》（現代詩季刊社出版，台北：唐山發行，2003.03），頁44。

（一）純化的夢想

在〈將冰冷／喧鬧／痛楚分開的〉一詩中，車廂裡的眾人想像著方才在月台上擁吻的愛人們，為何主體想像的對象是「那對愛人們」而非其他？他們的愛情如何吸引著夢想者？巴舍拉以榮格「安尼姆斯（Animus）」與「安尼瑪（Anima）」的概念來詮釋夢想的狀態，每個個體皆擁有陰陽同體的性質，而夢想者致力於內部陰陽的和諧。若以如此模式看待此詩的敘述，想像「那對愛人們」，無疑是想像自己內部的「那對伴侶」——屬於夢想者的安尼姆斯與安尼瑪，眾人與現實中的那對愛人拉開距離，以便能夠在夢想中看到他們，看到自己的安尼姆斯與安尼瑪共同抵達超越現實的遠方，到「夢想中的我」那裡：

眾人上車
否則，眾人想：
他們——還在吻著的那對——他們
怎麼樣向這樣的陰天索取
這些和解又怎麼樣向
這樣疾速駛過的車廂索取
不確定的顏色與韻律
怎麼樣向所有人宣布
因為他們相愛
而要求所有剩餘的鎳幣

也有了理由
因此
向高空走索人借走他的軟鞋和緊身衣
除了那條繩索

因為愛人們較傾向於弧線

或是拋物線

為了那種拋擲的降落以及

突然的到達

因為離開已經無效但是到達仍然神祕。[2]

　　詩的末尾寫道：「因為離開已經無效但是到達仍然神祕」，「車廂裡的眾人」的安尼姆斯與安尼瑪受到夢想的觸動，將自身的存在投射到彼端，而非真正移動過去，「離開已經無效」正是因為「從未真正離開」。而投射出的形體及其目的地沒有邊界，如詩集《第一人稱》裡那個以搖晃和煙霧產生的「第一人稱」，自其本體分離出來，投射到螢幕上。放映的電影院因他的到來而存在，總是突兀地現身在任何地方，只有「化身」——夢想中的我——才可以輕易抵達，對本體來說遙遠而神祕。

　　在〈某些雙人舞〉當中，我們似乎可以看到本體與化身的距離：

香冷金猊

被翻紅浪

起來慵自梳頭

任寶奩塵滿

日上簾鉤

當她這樣彈著鋼琴的時候恰恰恰

他已經到了遠方的城市了恰恰

那個籠罩在霧裏的港灣恰恰恰

2　夏宇，〈將冰冷／喧鬧／痛楚分開的〉，《Salsa》（夏宇出版，台北：唐山發行，2009.02），頁72-74。

是如此意外地

見證了德性的極限恰恰

承諾和誓言如花瓶破裂

的那一天恰恰恰

目光斜斜

在黃昏的窗口

遊蕩的心彼此窺探恰恰

他在上面冷淡地擺動恰恰恰

以延長所謂「時間」恰恰

我的震盪教徒

她甜蜜地說　她喜歡這個遊戲恰恰恰

她喜歡極了恰恰[3]

　　詩中有兩名相隔甚遠，卻又同樣待在某個房間的女性，以及一名串連她們的男性。三者之間的情感流動從那一名送走丈夫的女性開始，她孤獨地在家中彈著鋼琴，「恰恰恰」的聲響伴隨著丈夫到達遠方，又參與了他與另一名女子的交合。「他在上面冷淡地擺動」，而「她喜歡這個遊戲恰恰恰」，這似乎表示「他」僅是執行動作的一方，去到遠方的城市，在女子身上「冷淡地」擺動。擁有情感的是那兩個「她」，送走丈夫的「她」心繫著「他」，「恰恰恰」是那份牽絆存在的象徵，歡快的節奏調轉了第一段詩句中的男女位置。第一段摘自李清照的〈鳳凰臺上憶吹簫〉，因思念遠遊的丈夫而作。此處的女子軟弱無力、無精打采，被遠行的丈夫遺留在屋子裡，換言之，她的活力都是丈夫所賦予的。

　　到了第二段開頭，夏宇以全新的角度描繪「她」，此時

³　夏宇，〈某些雙人舞〉，《腹語術》（現代詩季刊社出版，台北：唐山發行，2003.03），頁8-9。

她的活力來源是自身，換丈夫仰仗著她，彈琴所引致的「恰恰恰」把丈夫帶到遠方的城市，帶到另一名女子的屋裡。透過兩人的交合，丈夫把妻子的「恰恰恰」移轉到那名女子身上，她因接收到那份活力而感到愉悅。據此，我們或許可以把兩名女子視為「活力」的產出者與接收者，而男子只是傳遞者，負責將固有伴侶的活力注入新的對象當中，前者將以全新的姿態存在。於是兩名女子的對立狀態消解了，反而交融在一起，與男子區隔開來。這裡演繹出安尼瑪發揮力量的模式，以及安尼姆斯在其中的作用。

從第一段到第二段，夏宇調轉了固有伴侶的主從位置，行為的主導者自陽性轉為陰性，原先虛弱無力的安尼瑪變得活力充沛，於是我們知道夢想降臨了。這首詩是從女人的眼睛看出去，早晨睜開雙眼，夜夢的威脅猶在，使安尼瑪沒有辦法發出寧靜的能量，於是意識到與安尼姆斯分離的女人只感到頹喪。後來她的夢想甦醒了，藉著安尼瑪的琴聲看到安尼姆斯，並驅動他去找尋「非屬於自身」的理想對象。最後在安尼瑪深處，那夢想的「恰恰恰」聲響當中，固有的安尼瑪投射到新的安尼瑪身上。新的安尼瑪意味著夢想者的化身，安尼姆斯與安尼瑪這兩個分化的存在，在化身的生活中重新交融在一起。

夢想者與他的化身相隔這麼遠，之所以能夠瞬間抵達，是仰賴著安尼姆斯與安尼瑪之間的關係。巴舍拉說：「我們的夢想在遠離此地的去處尋找我們的化身，更經常的是在永遠消逝的過去尋找它。」[4]而那個化身不會確切地被找到，只是一個投射的存在，必然會在尋找的過程中與之交會，卻又不是真正的相遇，正如夏宇所述：「遇見怎麼會就像不

4　Gaston Bachelard著，劉自強譯，《夢想的詩學》（北京：生活・讀書・新知三聯書店，1996.06），頁102。

曾遇見」[5]。如此這段尋找的歷程才不會結束，夢想者持續夢想，夢想一次又一次被「純化」，每一次的完成都只是未完，且永遠沒有目的地。

純化是將純與不純的物質混合，從自然物質那混亂的陰陽同體性當中，分離出陰性與陽性的力量，比如屬於陽性的火有著活躍的力量，屬於陰性的火具有接受的力量，[6]而這樣分離的動作沒有停止的一天。夏宇在詩中離開了好多次，沒有原因，也沒有目的地，每一次的離去都預示了一次重新開始、重新出發的機會。〈接駁吧然後壓縮〉當中有一句是「我想離開這件事非常需要我」，並非「我需要離開」，而是「離開」需要「我」的幫忙，可見離開、旅行、開始、出發……這些舉動的本身是主導一切事物的關鍵，那都是純化的過程，是正在夢想，我們都受到它們牽引，被涵納進去。於是，我們附著在夢想上行進，不需要理由與目的地，只需要明確意識到自身的分離，陰性與陽性的形象即會在眼前展開：

> 可以這樣說嗎
> 我搭上便車到火車站
> 要去哪裏還不知道
> 海潮沖毀了堤岸
> 但現在海浪安靜下來
> 火山一個月前爆發
> 雨水使河水上漲
> 雲層密布
> 木頭漂浮

---

[5]　夏宇，《第一人稱》（夏宇出版，台北：布丁紅發行，2016.07），無頁碼。
[6]　Gaston Bachelard著，劉自強譯，《夢想的詩學》（北京：生活・讀書・新知三聯書店，1996.06），頁97。

我並不是突然傾心於這些
我並不是突然想要記住
我想我很快就要離開
我想離開這件事非常需要我
你們當然可以留下來
你們就留下來吧
接駁吧然後壓縮[7]

水展現了它的力量，而後安靜下來；火也爆發出來，而後平息。陰陽的形象各自顯現力量，分離過後，為了延續純化的夢想，再度將純與不純的物質重新混合。「雲層密布」、「木頭漂浮」是力量迸發過後的殘餘，是經蒸餾過後留下的「廢液」，這帶有雜質的寧靜，預示了下一次純化的夢想的開始。在這段過程中，「我」作為分離出去的物質而離開，依附在對物質純潔性的夢想上，見到了安尼姆斯與安尼瑪原始的力量。「你們」則是充當「廢液」留下，以「接駁」到下一次重新開始的蒸餾，每一次夢想都需要有人這麼做，才能夠確保日後的分離無窮盡，夢想得以持續。

當陰性與陽性從混亂的陰陽同體狀態分離出來，我們藉由自己的化身，看到了投射在其上的安尼姆斯與安尼瑪，兩個清晰的形象即將融合在一起，見〈腹語術〉：

我走錯房間
錯過了自己的婚禮。
在牆壁唯一的隙縫中，我看見
一切行進之完好。 他穿白色的外衣
她捧著花，儀式、

---

7 夏宇，〈接駁吧然後壓縮〉，《詩六十首》（夏宇出版，香港：歐氏兄弟發行，2012.05），頁46。

許諾、親吻

背著它：命運，我苦苦練就的腹語術

（舌頭那匹溫暖的水獸　馴養地

在小小的水族箱中　蠕動）

那獸說：是的，我願意。[8]

　　婚禮開始的那一刻，「我」與「自己」分離，這是一場必然的錯過。只有停留在某個無法前進的地方，才能清楚看到安尼姆斯與安尼瑪，在那個「走錯的房間」裡，見證自己的化身進入夢想，試圖將自身原本的安尼瑪力量投射於其上。倘若投射成功，化身的安尼瑪會挾帶著固有的安尼瑪的力量，欣喜地與安尼姆斯結合。然而，這場結合並不那麼順利。

　　本來在夢想狀態中，陰性與陽性的力量會分別彰顯出來，它們和諧共處，穩定交融在一起，擺脫尚未夢想之前雜亂的混合體。而婚禮在我們的人生階段裡，儼然一次「重要物質」的生成，是愛情的許諾儀式，仿如巴舍拉所述及，那為了「宇宙中某種物質的形成」所舉行的大典，把某個重要的純化過程揭示於眾人。在那樣的大典上，象徵安尼姆斯的君王與象徵安尼瑪的王后登場，各自以其鮮明的形象示人，接著儀式正式開始，他們會將百合花交叉，讓宇宙中的陽性與陰性力量做了結合。[9]當我們步入婚禮禮堂，新娘手中捧著一束捧花，就像那交叉的百合花一樣，從個體內部所投射出的陰性與陽性形象共同拿著捧花，直到婚禮儀式完成。然而在這首詩裡面，那捧花毫無生氣，就只是被「捧著」，安

8　夏宇，〈腹語術〉，《腹語術》（現代詩季刊社出版，台北：唐山發行，2003.03），頁1。

9　Gaston Bachelard著，劉自強譯，《夢想的詩學》（北京，生活・讀書・新知三聯書店，1996.06），頁89。

尼瑪與安尼姆斯走在一起，卻還未達到平衡。

　　末句「是的，我願意」，是「我」這個原有的安尼瑪，把意向投射到「她」這個化身安尼瑪身上，言語棲身在「她」的舌頭上。固有的安尼瑪賦予化身的安尼瑪一個可以容納一切的語言，「我願意」，願意把力量交託給安尼姆斯去發揮。而這一段投射的歷程還未完成，穿白色外衣的「他」形象鮮明，卻立在原地無所作為，捧著花的「她」則是被舌頭的形象佔據。「是的，我願意」是「我」的腹語，使用腹語，是讓語言完全只用聲音展現，無法以嘴形辨認，唇不動，只剩舌頭在動，關在嘴巴這個水族箱中。於是「我」和「她」以舌頭作為連接點，進行投射，它是溫暖的水獸，傳遞著溫暖的語言，只是還停留在口中，沒有走出去。

　　到了《摩擦‧無以名狀》，純化重新開始，〈腹語術〉中的婚禮轉變為「未完成的葬禮」，見〈壓縮了〉：

水族箱　小小的

他不再蠕動

曾經是我們某種的深入

我們穿白色的外衣

因早起而骯髒而悔悟而閃爍

捧著花

把所有的門關好

還沒有完成的葬禮

不能大聲合唱

口袋裡是鳥

受到重視

虛線漸漸交錯到地平線上

綠色最低的月光裡

時代非常沉重

不期然而達致的我們

互相彼此的瞭然來到

港邊告別很無聊

充滿咳嗽

從來不曾說穿只

在彼此的耳朵上打洞因我們

有人喜歡音樂會

有人更喜歡發現

有人喜歡極了抗拒

而其他

一些人察覺了

這些複雜情節的夜晚

皆克制自己窺探其他

這些人負疚以偏概全

被打湮塗改凌遲消滅中[10]

　　舌頭，那溫暖的水獸「不再蠕動」，「我願意」的聲音已經從口中走了出來，開始行動，舌頭的形象隱去了，成為「我們某種的深入」。水獸不再只是固有安尼瑪與化身安尼瑪之間傳遞的媒介，超越了工具的存在，不再因「被馴養」而蠕動。牠靜止在那裡，「把所有的門都關起來」，把夢想中的化身包裹起來。

　　「君王」與「王后」再度前來，儀式即將以另一種姿態展現。在上一次的婚禮中，「他」穿著白色的外衣，「她」捧著花；在這次的葬禮中，「我們」都穿白色外衣，「因早起而骯髒而悔悟而閃爍」地「捧著花」。這裡的安尼姆斯與安尼瑪穿著同樣的衣服，共同捧著花，「我們」與「捧花」

---

[10]　夏宇，〈壓縮了〉，《摩擦・無以名狀》（夏宇出版，台北：唐山發行，2005.05），無頁碼。

0
6
5

從骯髒到悔悟到閃爍，經過純化之後，最初物質中那不協調的陰陽同體特性，終於開始寧靜地發光。門關住了那樣一場死亡的儀式，「我們」藉由死去的過程互相瞭然，共抵港邊——那個夢想為我們準備好的地方。當「虛線漸漸交錯到地平線上／綠色最低的月光裡」，立在原地、無法容納彼此的「我們」逐漸死去，來到沐浴在月光裡的港邊，在寧靜柔和的安尼瑪引導之下「復活」，在夢想中甦醒。

港邊既是久別重逢之處，亦是離別的所在，許多對安尼姆斯和安尼瑪聚集在這裡，他們的夢想跟隨著「國王」與「王后」，受那一對宇宙本源的形象牽引而來，兩兩互相瞭然而後告別，「在彼此的耳朵上打洞」。如此一來即使兩人的特性不同，仍保有某種聯繫，以便下一次在夢想中重逢。而另外一些人知道夢想，卻難以觸及：「而其他／一些人察覺了／這些複雜情節的夜晚／皆克制自己窺探其他／這些人負疚以偏概全／被打淫塗改凌遲消滅中」這裡的「其他」是指「一些人」的化身形象，他們「察覺」夢想，「克制」自己去「窺探」自己夢想中的化身，代表他們那理性的安尼姆斯，把夢想當作可覺察的客體，把安尼瑪當作可窺探的對象，而不是平等對待的「另一半」，於是夢想者陷入混亂中。

（二）穿越死的日常

〈壓縮了〉當中那「很無聊」、「充滿咳嗽」的港邊告別，看似與貧乏的日常無異，如何能說這是夏宇的夢想？那些死和放棄，那些厭煩疲倦，那些無聊咳嗽，那些噴嚏，種種了無生氣其實都被放置在括弧裡，如〈跳舞・跳死為止〉：

（不）特別想虛擲
並（不）知道傳遞

（不）做任何辯解

（不）証明顛覆

（沒）有辦法再畫那些對角線

（不）想軟軟下陷

（不）能兇猛

徹底地（不）感覺不忠

（永遠不）寄出入場券

（完全不）把帽沿拉低

（不）能拴著

永遠（不再）又開

（不）喜歡（不）尋常

（不）想侵入

（不）能貼上書籤

（制止）轉彎

也（不）流下

（不）反對早起

（不）能相遇

（避免）再見[11]

　　括弧裡的詞相當自由，隨時可以涉入或不涉入句子，帶有攻擊性的否定詞彙被框住，變得柔軟了起來。它的力量同樣強大，只是罩上一層軟布，在句子之間擺盪。那些句子各有不同的性質，有美好，有厭棄，有柔軟，有僵硬，一起碰上被括弧包裹著的否定詞時，瞬間產生一種共通性，同樣從確切變得游移。那些（不）為句子帶來了「不一定」的意思，並非是一種質疑，而是可以接納原始句子的任何模樣，正面或反面的固定性被消解，脫離本身的束縛，開始「跳舞

11　夏宇，〈跳舞・跳死為止〉，《摩擦・無以名狀》（夏宇出版，台北：唐山發行，2005.05），無頁碼。

跳死為止」。倘若括弧不存在，或是安插在別的地方，那麼那些否定詞會使固定的句子更加尖銳。那些否定詞儼然是安尼姆斯，堅定、有力、不容質疑，雖然能夠給予句子力量，卻相當不友善；而括弧是安尼瑪，若沒有任何字詞與她融合，便無法發揮作用，她總是等待，等待著誰沐浴在自己裡面。當安尼姆斯與安尼瑪和諧共處，那不友善的詞語蛻變成美好而堅韌的力量，〈壓縮了〉一詩中那「無聊、充滿咳嗽」的港邊，也在「我們」跨越死亡的夢想當中，成為溫馨的日常。

那麼，夏宇的安尼姆斯與安尼瑪如何在日常的夢想中互動？從婚禮到葬禮，可見得語言的釋放，「是的，我願意」在安尼瑪尚未準備完成的時候，被迫出現，困於安尼姆斯的力量之中；而後離開，去到另一首詩中，終於伸展開來。於是溫暖的水獸開始在寧靜之中釋放自己，而作為儀式中的主角「我們」——由眾多安尼瑪與安尼姆斯匯聚而成的鮮明形象——深入其中，抵達夢想之處。當語言不再受到役使，而是自主行動，具有代表性的安尼姆斯與安尼瑪會在死亡之中結合，引領眾多個體的安尼姆斯與安尼瑪辨識出彼此，一次又一次重新在夢想中甦醒，清楚把握到那個正在遺忘的自己以及被遺忘的對方，如同在〈記憶〉裡，「我」不斷忘記「你」。此詩的首段如此描寫：

忘了　兩個音節在
微微鼓起的兩頰
舌尖頂住上顎　輕輕吐氣：
忘了。種一些金針花
煮湯　遺忘[12]

---

[12] 夏宇，〈記憶〉，《腹語術》（現代詩季刊社出版，台北：唐山發行，2003.03），頁28。

此刻的「忘了」不是一組詞語，而是兩個音節，隨著兩頰和舌尖的動作傾瀉而出。接著，夢想主體的安尼姆斯「我」，在這樣的音調當中種金針花、煮湯、安上窗戶、跳舞……，做著生活中的瑣事，那些動作構成了「遺忘的過程」。「我」清楚認知到自己「忘了你」，「你」的形象在本詩中極其模糊，或許可以說是全然自由、無法被直接看到。「你」在「忘了」的音調當中成形，因「我」的遺忘而存在。因此，「你」是「遺忘的意識」，「我」必須不斷「忘記」，才能深入「你」，越來越靠近「你」。這樣的遺忘不是出於自我的缺席，相反地，益發鞏固了自我的存在。

　　遺忘的夢想讓「我」不斷疏遠「你」，阻止「你」靠近自己，必定會因此而產生更加緊密的聯繫，遺忘與被遺忘的形象更加鮮明，即將在不知名的遠方交會。一開始「我」將「你」隔絕在玻璃外的下雪天裡、谷底、關起的門外，直到「我」到陌生的城市裡，把「你」放入甕中隨身攜帶：「到一個陌生的城市帶一個甕／起出呢無非只是簡單的／陶藝渾沌的泥／柔軟　沉重　壓抑　被揉捏／壓擠　一心一意／想做甕　多大的口就有／多大的虛空　多好／做一個甕為了／忘記你。」[13]那渾沌的泥柔軟、沉重、壓抑、被揉捏，一如前述那「溫暖的水獸」的處境，陰性的力量困在甕中，伴隨著安尼姆斯，甕口是雙方相互擠壓的交界處。從隔絕「你」到擠壓「你」，他們的距離逐漸縮短，直到最後一段，「我」終於靠近了「你」，接著便落下而死。

　　〈將冰冷／喧鬧／痛楚分開的〉中的「愛人們」一起降落，到達某神祕之境；〈壓縮了〉當中的「我們」在葬禮中彼此瞭然，來到港邊。而在〈記憶〉裡，落下之際，安尼姆斯與安尼瑪靠在一起，共同穿透死亡：「靠近你和海用一整

---

13 夏宇，〈記憶〉，《腹語術》（現代詩季刊社出版，台北：唐山發行，
　　2003.03），頁29-30。

（vertical right margin）第二章　相遇始於分離：空間現身，夢想現身

個海夠不夠／做三個空中翻滾／然後落下／然後死」[14]當安
尼姆斯靠近海洋般的安尼瑪，便被她包裹進去，在她的協助
下翻滾、落下，然後死，在安尼瑪的居所裡甦醒。

　　於是安尼瑪與安尼姆斯在她的居所裡展開共同的生活。
在〈耳鳴〉裡的那一片海之中，在夢想之中，椅子借著夏天
的形象，凝成各種不同的小島，穩定理性的安尼姆斯借著安
尼瑪，佇足於夢想裡：

　　　　我們稱之為夏天的
　　　　這些椅子其實
　　　　是不同的島我們
　　　　停下來找東西
　　　　解開懸掛
　　　　交換倒數
　　　　骰子就變成線索
　　　　瓶子變成船螺
　　　　鞋子就開始是一個郵輪
　　　　我就駛過你的港
　　　　你坐在箱子上寫字
　　　　耳朵的手風琴地窖裏有神秘共鳴
　　　　頭髮已經慢慢留長了
　　　　鐘用海擦得很乾淨
　　　　我們都會打勾
　　　　在這樣的下午
　　　　這是譬如的第6次方
　　　　你喊我的名字

---

[14] 夏宇，〈記憶〉，《腹語術》（現代詩季刊社出版，台北：唐山發行，
　　2003.03），頁30。

遺失三顆鈕扣[15]

　　被稱作「夏天」的「椅子」，「海」上的「小島」，「譬如的第6次方」這個「下午」，各種安尼姆斯的形象在安尼瑪的環繞之中，紛紛流動了起來。「我們」在其中，就著那些形象，也形成另一種流動，乘著海而來的安尼瑪「我」，去見坐在箱子上寫字的安尼姆斯「你」，在夢想的海的容納下，安尼姆斯也有了自己的「港」。在安尼瑪的住所裡，安尼姆斯有了棲身的所在，不再有尖角、僵固，逐漸變軟變圓，也讓安尼瑪「駛」進去，互相包裹涉入。

　　這裡可以看到夢想當中的雙重意識，「我們」在夢想裡，邂逅了夢想中的椅子、小島、下午，這些一一變成「我們」夢想中的化身，協助安尼瑪「我」駛向安尼姆斯「你」。與化身的相遇，變成「我們」相遇的關鍵：「骰子就變成線索／瓶子變成船螺／鞋子就開始是一個郵輪」，這是「我們」與化身相遇的瞬間，平凡瑣碎的形象，轉化為更巨大的、有動能的形象，是「我」想與「你」一起的意念，讓那些物質與「我」的行進產生關聯。由於「我們停下來找東西」，「我們」願意迎向物質的形象，於是物質的形象成為「我們」相遇的助力。

　　至此，夢想者與物質的安尼姆斯、安尼瑪交織在一起，產生「神秘共鳴」，時間在夢想裡重新走動：「鐘用海擦得很乾淨」。最後當「我們」打勾，留下不可抹滅的牽絆，安尼姆斯願意在遺失的物質形象裡，確保安尼瑪的存在：「你喊我的名字／遺失三顆鈕扣」，安尼瑪以「名字」的形象，嵌在安尼姆斯身上「三顆鈕扣」的位置，借由這兩個夢想中的化身，夢想者的安尼姆斯與安尼瑪合為一體。

---

[15] 夏宇，〈耳鳴〉，《摩擦・無以名狀》（夏宇出版，台北：唐山發行，2005.
05），無頁碼。

二、醒在床縫裡：
匯聚多個當下的空間

（一）旅舍：時間的裂隙

　　夢想主體從安尼姆斯與安尼瑪的分離當中顯露出來，又在和諧的狀態下完成自身，夏宇不斷地以反面再反面的方式，驅動分離的兩者融合在一起，藉著悖反和遺忘對方，來更加接近彼此，開啟「相遇的瞬間」。而那個「相遇的瞬間」無疑是凝滯在某一時刻的「時間」，夏宇也是不斷打碎時間，以接近它——那個無法完整把握，只能不斷趨近的「當下」。所以這裡並不聚焦於已經切割了的時間狀態，而是那切割的起點和過程，於是我們必須先離開時間「裡面」，從「外面」——承載它的物質切入，以更完整地看到它的活動。時間的顯露需要依靠實質空間的裝載，也反過來賦予那些空間存在的意義，那就是安靜地待著，把那些散落的、難以把握的時間聚集起來。

　　當我們靜止，周遭可見可感的事物會向我們呈現其存在，這之間的距離便展開了，因而感覺到空間。「我」與「非我」因空間的存在而得以辨明，卻又同時處於其中。周遭的物體投射出那些「非我」，在與「我」產生連結的同時，掘開了想像的縱深，離開當下，尋到記憶裡相似的物件，那麼即使這些物體皆為初次所見，亦能與我們親密無間。我們的記憶就這樣隨著那些物體先分離成一個個「非我」，獨立為不同的當下，再因同處一個空間而重新匯聚。

　　巴舍拉以柏格森對時間的概念為基底，開展出「時間的居所」：「我們無力重新活化已消逝的時間綿延，只能沿著抽象的時間序列思考它，而這種抽象的時間已無厚度可言，即便是最精妙的時間綿延化石樣本，具體展現長時間的逆

旅居所，唯有透過空間，唯有在空間中才得以發現。」[16]那麼，如此打亂時間序列的夏宇，該怎麼看到時間所形成的記憶？各個時間已非以某個個體、某個群體串連起來，而是空間，成為那超越個人的時間，進入宇宙的時間。

首先，看看夏宇如何描寫時間與空間的互動，以及主體以何種方式涉入其中。見〈多出來的六個小時〉的首段：

> 篩子盛水的夏天
> 我的黃昏的躁鬱——
> 予以時間化，這樣至少可以說
> 就三個月後吧，予以
> 空間化，就約在威尼斯
> 聖馬可廣場。
> 肉體化也就是這樣容易的肉[17]

這裡出現了「感受－時間－空間－肉體」的串連，先將感受時間化，再將時間空間化，接著將空間肉體化，此無疑是一串相互承載的關係。時間留住了感知，形成「某一刻的感受」，讓那些感受得以在回憶裡翻找；空間留住了時間，凝為「在某處的記憶」，重返舊地或踏入相似的空間裡便會被喚起；肉體留住了空間，待在熟悉的場所裡，我們沒來由地感到特別安心，如巴舍拉所述及：「我們誕生的家屋，已經在我們身上銘刻了各種居住的作用和層次，我們就是那間屋子，我們就是居住作用的圖解。」[18]我們以肉體探索並記

---

[16] Gaston Bachelard著，龔卓軍、王靜慧譯，《空間詩學》（台北：張老師文化，2007.04），頁71。

[17] 夏宇，〈多出來的6個小時〉，《Salsa》（夏宇出版，台北：唐山發行，2009.02），頁63。

[18] Gaston Bachelard著，龔卓軍、王靜慧譯，《空間詩學》（台北：張老師文化，2007.04），頁77。

憶著那些場所，通過場所喚起過往的記憶，把記憶裡的感受帶到這裡，於是其中的感受與當下的感受相遇，暫時合而為一。

　　此詩初在中央副刊發表時以〈我不愛你〉為題，後收錄到《Salsa》裡，才更名為〈多出來的六個小時〉，可見「不愛」的狀態與「多出來的時間」有著某種連結──「我」不愛「你」，因而多出六個小時，這個時差使他們錯過，有人把鐘錶的時針「逆流上推六個小時」，早上也就重來一遍：「我來到的／我的早上」一個人分裂成六小時前的早上的「我」與六小時後的早上的「我」，因為這「多出來的六個小時」，後者才能與前者重疊在一起；因為「我不愛你」，「你」從「我」的裡面分離出來，成為另一個早上的「我」。

　　那麼該如何安置「我」和「另一個當下的我」所間隔的六個小時？回到第一句「篩子盛水的夏天」，時間從篩子的孔隙中瀝出，想像一個無比巨大的篩子，盛滿了夏天的每一個日子，它們以同等的速度持續流失，直到裡面空無一物，那些日子會流到另一個篩子裡，與其他日子匯合。當秋天到來，「我感覺自己是個陌生人」：

　　　　面對秋天我感覺自己是個陌生人
　　　　我感覺睏
　　　　每一個夜晚被塞進沙漏裡
　　　　被當作時間折磨肉體的證據[19]

　　這個季節似乎不屬於「我」，或許屬於「另一個當下的我」，「夏天的我」來到不屬於自己的時間，像是處在那多出來的六個小時中。他們在這樣的交錯之中相遇，沙漏承接

---

[19] 夏宇，〈多出來的6個小時〉，《Salsa》（夏宇出版，台北：唐山發行，2009.02），頁64。

了這場相遇，於是「我」蹲踞在狹小的空間裡，時間的流沙均勻地自沙漏中央的小孔落下，遍佈周身，不斷提醒「我」身在此地所遭逢的困境——被多出來的時間掩埋，成為一個證據，證明另一個嶄新的自己的存在。

〈讓我把你寄在行李保管處〉也用到沙漏的意象：「『那個異地旅舍的夜晚／月光穿過顫動的白紗簾／浸透著一塊一塊冰涼著愛著的我。』／那存在的永恆的沙漏的月光裡／我們所錯過的彼此的身體／在貓臉和死嬰所充滿的春天的夜晚」[20]這裡沙漏的形象擴大到整間旅舍，夜晚的月光似細沙，自旅舍外鑽入旅舍內，接近黎明時分才逐漸褪色，沙漏翻轉，月光倒流，那「一塊一塊冰涼著愛著的我」將在黎明之際與「全新的我」相遇，接著岔開。「舊有的我」會因而走到當下時刻的域外，對這個不是自己的時間感到陌生——此無疑是一個同時充滿死亡與新生氣息的夜晚。

而在《摩擦‧無以名狀》裡，這些詩句重新組合，沙漏裡竟幾乎沒了沙：「向　彼此／身體／索盡／陌生／幾近透明／的沙漏」[21]詩題是〈春天的夜晚〉，在那些旅行途中的夜晚裡，沙子作為月光灑落在「我」身上，進入體內。「我」的時間與宇宙的時間融為一體，以同樣的脈動行進著，抵達超越個體時間的地方。「全新的我」會延續個體的時間，繼續接駁到下一次的分岔，然後待在沙漏裡被掩埋起來，逐漸成為一粒沙。在〈你就再也不想去那裡旅行〉當中，可以看到作為「全新的我」的「你」感覺到「他」的撫摸之後，逐漸縮成點的歷程：

---

[20]　夏宇，〈讓我把你寄在行裡保管處〉，《腹語術》（現代詩季刊社出版，台北：唐山發行，2003.03），頁93。

[21]　夏宇，〈春天的夜晚〉，《摩擦‧無以名狀》（夏宇出版，台北：唐山發行，2005.05），無頁碼。

這個時候

你就終於水平地感覺到他的撫摸

他充滿被重新啟發的野心

你就從空間削成平面

你就減成線

你就縮成點

你就變成0

你就將前所未有

有窮而無窮地接近我這個時候

一早已死去的星

發著前世的光

窺探你們水晶藍的裸

在我應該出現的明信片上

就有那風景正在被無限分割

就有那你始終到達不了的碼頭

就將在那裡

我承認預言的失敗魔法的解體

但確實我留下了令人難忘的空隙[22]

　　此處的「我」作為預言者，匯聚了眾多時間，集中在水晶球當中，儼然是超越個人的宇宙的時間。當「你」感受到自己的時間被另一個當下的「他」撫摸，便意識到「他」是可以與自己分離的，可以不再只有唯一的選項——「跟他盲目地旅行」，不再盲目地被過往的當下所掌控，澈底獨立，於是「你」成為眾多當下的其中一個，逐漸趨近宇宙的時間。明信片上的風景意味著一段按照時序進行、歷史性的時

[22] 夏宇，〈你就再也不想去那裡旅行〉，《Salsa》（夏宇出版，台北：唐山發行，2009.02），頁42-43。

間，被分割而始終抵達不了時間的盡頭，所以「你」無法抵達那個盡頭，而是在眾多抵達不了的時刻之間，在細碎的沙子之間，穿過那空隙，抵達另一個無盡的所在。

再回到〈多出來的六個小時〉，那多出來的時間成為一個空隙，座落在床縫中，在無數個旅館裡，把無數個被漿過的、折在床縫裡的被單拉出來，拉出每一個獨立的當下：

> 聽說每一個時代都是難的都是糟的
> 但到底是什麼讓我幻想他
> 他讓我傾斜　他把我倒光
> 我解釋我的到達，每一次
> 把旅館裡漿過的
> 折在床縫裡的被單
> 用力拉出來如果我是這
> 無數因果中的千萬種幻覺之一
> 他也不見得是地獄
> 只不過，在敘述時
> （總是難免提到的）
> 幾乎以為下一次的旅行或將
> 更清楚地呈現出即將
> 結束的這一個[23]

「他」是另一個當下的「我」，或許是屬於秋天的「我」，而不是那個來自夏天、對秋天陌生的「我」。詩的起始時間點在夏天剛過完的早晨，後來經過秋天每一個夜晚的「折磨」，「我」開始幻想「他」：「聽說每一個時代都是難的都是糟的／但到底是什麼讓我幻想他」前句講述不

---

[23] 夏宇，〈多出來的6個小時〉，《Salsa》（夏宇出版，台北：唐山發行，2009.02），頁65-66。

同時刻的自我困頓，後句「到底是什麼」顯現出「我」對於「他」的存在感到迷惑，不僅難以掌握，也因而受到否定：「他把我傾斜／他把我倒光」。「他」無疑是「那個時候的現在／所害怕到達的未來」[24]，如此一來，「現在的我」必須分岔出去，以另一種方式抵達未來：「我解釋我的到達，每一次／把旅館裡漿過的／折在床縫裡的被單／用力拉出來如果我是這／無數因果中的千萬種幻覺之一／他也不見得是地獄」「我」只是眾多分岔中的其中一個，通過床縫，以全新的姿態面對取代自己的「他」，他們皆因錯過而抵達。就像〈竊竊私語〉中提到：「時間曾經打一個摺，把我們摺進去」[25]在一摺一翻之間，我們都不斷被另一個當下的自己頂替，又全都被包含在宇宙的時間裡。

　　床鋪連接了黑夜和白晝，我們躺在上面，經歷了每一個黎明時分、每一次的替換，在〈我確實在培養著新的困境〉寫到：「輕輕畫過我的腳心你說你知道嗎那躺在／床上的你已經死了回來的只是你的靈魂」[26]前一日的身體的時間都在夜晚殞落，早晨的床鋪上滿是殘渣，儼然廢墟一片，黎明時前後兩日的「我」因錯過而認知道彼此，無名的悲傷襲來：「而肉體肉體／我最親愛的肉體你在哪裡？／最多就是擦身而過吧而他說六點鐘／在酒館旁邊等我最多也不外是走散了吧」[27]到來的「我」遍尋不著之前的自己，只好自廢墟之中起身，重新開始，因錯過而重新開始：

[24] 夏宇，〈同日而語〉，《Salsa》（夏宇出版，台北：唐山發行，2009.02），頁112。

[25] 夏宇，〈竊竊私語〉，《Salsa》（夏宇出版，台北：唐山發行，2009.02），頁2。

[26] 夏宇，〈我確實在培養著新的困境〉，《腹語術》（現代詩季刊社出版，台北：唐山發行，2003.03），頁92。

[27] 夏宇，〈而他說6點鐘在酒館旁邊等我〉，《腹語術》（現代詩季刊社出版，台北：唐山發行，2003.03），頁96。

那些流淚分手的清晨
起床後第一個吻淡綠如梗
對著一面骯髒的鏡子
重新把耳環戴好
在牆上留下一個句子：
「憂鬱底心的暗暗底歡愉。」
我們所錯過的四月微冰的海水和
不能相遇所虛擲的時間
我們所錯過的銅器店正午閃過一張貓的臉
一本導遊手冊叫做「寂寞的星球」
一些船離開港口。一些人從此不再出現。
一種希臘的藍加上一些土耳其的綠。
水瓶裡密封的音樂和染料。以及廢墟。
「你是我最完整的廢墟」[28]

　　不同時刻的身體不能相遇，而靈魂卻總在黎明與前一日的身體分手，早晨重新開始，鏡子倒映出分手後到來的新對象。起床後的第一個吻同時朝向現在與過去，向前一日的自己道別，迎接當日的自己。同時面對已遠走和初來乍到的身體，「我」的靈魂正在重新適應，於是那吻顯得既親密又疏離。在「我們所錯過的銅器店」裡，藏著一些神祕、一些寂寞、一些失去、一些分離，只要一踏進店裡，各個銅器上都映照出一副臉孔，千百個同樣的臉孔對著自己，以自己為中心發散出去，那些都是一個個平行世界。所以店內有「一本導遊手冊叫做『寂寞的星球』」，銅器店儼然是通往各個星球的中心。當「我們所錯過的銅器店正午閃過一張貓的臉」，那一瞬間，各個銅器上的「我」匯聚在一起，投射到

[28] 夏宇，〈在牆上留下一個句子〉，《腹語術》（現代詩季刊社出版，台北：唐山發行，2003.03），頁90。

貓臉上，「我們所錯過的四月微冰的海水和／不能相遇所虛擲的時間」也投射過去，匯聚那些相互錯過的當下，使我們更加完整。

在巨大的沙漏裡，在床鋪的縫隙之間，在這貓臉所開啟的寂寞的星球上，所有我們曾經錯過的當下都會相遇。夜夢裡有那過往的折磨，日夢中有那廢墟裡的重新開始，懷有夢想的詩人讓兩者相互滲透，於是每一個「舊有的我」穿過夜夢，去到日夢的所在，接下來那「新來的我」感覺到「舊有的我」的穿越，知道自己是個獨立於其他的存在，再逐漸變舊，最後被下一個「我」取代。夏宇關注每一個「我」分岔的地方，就這樣安頓那些被孤獨留下的形象──每一個變舊的「我」。

（二）房間：記憶的邊境

旅行途中，在每個落腳的旅舍都留下一些當下的自己，有無數個床縫通往我們夢想的中心，異地的時間容易一格一格地儲存，比如儲存在每個旅舍裡，離開一間旅舍就是一次新的開始。那麼那些容納了眾多過去的──我們家中的臥房呢？分離並匯聚了各個當下之後，如何建置一個分類完善的儲藏室，讓記憶不再流離失所？

巴舍拉言道：「跟獨處的幽靜角落連結在一起的，就是臥室和起居室，它們支配了主要的存有者。」[29]這些場所所帶來的私密感，令我們得以孤獨地與往日時光連接，與那個角落的自己展開對話。夏宇透過床鋪，完成了個人時光的移轉，成功令他們在睡眠時錯過彼此，又在意識清醒時，從床縫中看到替換的證據。

待在臥房裡，我們完全與自己獨處，在床鋪上歷經的每

---

[29] Gaston Bachelard著，龔卓軍、王靜慧譯，《空間詩學》（台北：張老師文化，2007.4），頁76。

一個黑夜到白晝都是如此私密。這份私密感並不與「睡眠」這個舉動有直接的關聯，而是在那暫時靜止的時間當中，唯有前一日與後一日（或緊鄰前後的某兩個時間區間）的自己可以參與，前者離開臥房，後者抵達，他們在此處錯過。當月光通過窗口，傾斜地射進房間，床鋪上的軀體被宇宙的時間佔據，填滿睡眠的空白，與個人的時間銜接在一起，寧靜地鋪展開來。此時的我們還在夢裡，夢中的月亮虛假而朦朧，夢中的自己不是沐浴在月光裡，而是被侵入，這般震盪必須到早晨轉醒之際，才得以平息。而事實上，在夜夢的境外，身體早已做好了日夢的準備，見〈自我的地獄〉：

> 一堆夢遊者與另一堆夢遊者
> 擦身而過他們的夢有所交集
> 像幾塊雲遇到另幾塊雲
> 就下了一場雨其中的一個
> 夢遊者醒在一個屋子裡
> 他睜開眼睛說：下雨了
> 完全不知道自己夢遊過
> 而且醒在別人的屋子裡
> 他的腳在別人的鞋裡
> 是那麼吻合他的身體穿上
> 別人的衣服他坐在另一個
> 桌子前與另一些人一起吃飯
> 他變成另一個我且不疑有他
> 朋友或配偶可能也懷疑過
> 但被存在本質上更虛幻的疑點
> 所說服在這裡鞋子
> 是關鍵穿錯鞋子
> 很容易就會發現不是嗎此所以

每個早上所有起床的人
首先被他們自己的鞋子說服
從不懷疑他們已經
不是他們自己奇怪的是
別人的鞋子為什麼會合
自己的腳呢因為只要有一個人
沒有醒來大家就全部
活在他的夢裡[30]

　　詩人明確地指出夢遊的狀態，卻無意描述夢境裡的情景，她如此看待夢遊者的相遇：「一堆夢遊者與另一堆夢遊者／擦身而過他們的夢有所交集」他們是因為擦身而過，才有了夢的交集，並非在夢中擦身而過。如此看來，夢遊者之間的互動並不存在於夜晚的夢境當中，而是在夢的邊緣。個體可以同時擁有許多夢遊者，那麼多時刻的自我徘徊在夢與現實的夾縫中，「只要有一個人／沒有醒來大家就全部／活在他的夢裡」此處的「醒來」所指的並非是「每個早上所有起床的人」的「起床」，而是暗示從夢與現實的夾縫中進入「日夢」的過程。只要當下的自己沒有進入，那麼其他時刻的自己便只存活於他的夢中，從屬於他，卻不為他所把握。

　　當新的身體時間開始啟動，他們「起床」，從床上或夢遊時抵達的另一地起身，靈魂重新適應另一具身體。因「當下的自己」沒有「醒來」，沒有進入日夢，而未注意到身體被替換過的痕跡，以為今日和所有過往的自己是同一個。由於無法辨認昔日的面孔，將只能夠把往日時光當作今日的幻影。於是我們必須醒來，發現每一個過往的臉孔，召喚出每個時刻最真實的形象，如〈在命定的時刻出現隙縫〉：

---

[30]　夏宇，〈自我的地獄〉，《Salsa》（夏宇出版，台北：唐山發行，2009.02），
　　頁118-119。

從來沒有人發現的這扇門中鑲嵌

著的另一扇門在命定的時刻出現隙縫

迴廊深處一個軟軟下陷中的房間

一個房間接著一個房間積滿童年時的

乳牙日曆和灰塵遺失的寵物大都尋獲

安靜趴著死去的祖先也都回來了

穿著入殮時寬大華麗的衣裳

一排一排坐著寵愛地注視著我

邊界像水蛭般蠕動著房間不斷地

分裂下陷門嵌著門逝去的臉孔

疊著臉孔在意識所能到達的

最危險荒涼的歌劇院

一些一些地闌珊地旅行著的我[31]

　　臥房的門關住了一個時刻的自己，在這私密空間裡，凝聚了當下的自我形象，亦即每一個時刻都有一個屬於他的臥房，那些臥房疊合在一起，成為同一個。夢想者察覺到其間的縫隙，縫隙以迴廊之姿為他敞開，通往那些往日片刻所在的臥房。童年的遺失物被尋獲、祖先返回，裝載它們的臥房卻不斷分裂下陷，臉孔不斷逝去，這究竟是尚未進入日夢，抑或是日夢的崩解？巴舍拉著重於人與空間合而為一，透過空間連通到過往的自己，有著連續性質的空間把不連續的時間包裹起來，個體因而得以安居於此，安頓了每個時刻的自己。而夏宇不斷「分裂」房間，在分裂之中抵達過往，被遺留在過往的自己只能「疊」在一起，未能「合」而為一，當下的「我」亦只能遊走在記憶的邊境，而未能入其核心。

夏宇如此著力描寫時間的割裂，乃至空間的發散，那麼她該如何涉入記憶空間的中央，將那些片刻匯聚起來呢？我們能否看見她進入日夢的嘗試？她是否能夠沿著「鋸齒狀的」路徑，在「剃刀邊緣」上安頓自己？

　　〈在命定的時刻出現隙縫〉中，那些房間都堆放著童年時期的物品，意味著過往記憶，我們無法將當時的乳牙、日曆、灰塵都是攜至未來，必須棄置在那個當下，用一些盒子裝起來，積聚在過往私密空間中的角落。物品的形體或許會離開，但附著於其上的自我卻不會，他們與自身所處的場所挨在一起，共同築起屬於那個時刻的房間，最後一同陷落。過往的房間與昔日的我們僅有彼此，患難與共，被邁向未來的我們棄置在那裏，註定要通過這趟旅程，沿路將自己的一部分分割出去，以免停滯不前。

　　這是個殘忍的選擇，如若不遺留些什麼在這裡，當我們離開此處，如何覓得歸途？那是識別童年家屋的記號，為「迫使他們成長的世界」所不能容，比如一條自孩提時期便緊抓著，有自己熟悉氣味的小棉被，將在長大後的某天被父母丟棄。我們總是被要求「蛻變」成與過往不同的人，變得「成熟」，懼怕「完全蛻變」之後，過往的自己會消失，也懼怕「蛻變失敗」之後，不見容於社會。因而不得不讓記憶封存在某個容器裡，既是拋棄，亦是保存，如同摘下部分的自己給自小習慣蓋著的小棉被，聞著它，被熟悉的溫柔包裹著，滿足而幸福。如果可以的話，我們寧願永遠待在童年的小天地裡，在靜止的時間中成長，即使不離開此處，仍可看見更加廣闊的世界。一旦被迫離開，我們徬徨無依，往往企圖返回而未能成功：

　　狼牙色的月光下
　　所有失蹤小孩組成的秘密結社

他們終於都擁有一雙輪鞋
用來追趕迫使他們成長的世界
有一座共同的墳
埋著穿不下的衣服鞋子和手套
吐一口口水把風箏的線放掉

張大了嘴他們經常
奇異突兀地笑著
切下指頭立誓
無以計數的左手無名指指頭
丟棄在冬日的海濱樂園
當短髮在黎明的風中飄起　他們
會不屑的告訴你　一切　只是因為一個
許諾已久的遠足在週日清晨
被輕易忘記

集體失蹤的那一天設定為
年度的節慶
所有的小孩化妝成野狗回到
最後消失的街口　張望著
回不去了的那個家　遠足和
遠足前的失眠
牛奶盒上的尋人照片
為了長大成人而動用過的
100條格言[32]

---

32 夏宇，〈小孩（二）〉，《腹語術》（現代詩季刊社出版，台北：唐山發行，
2003.3），頁25-26。

0
8
5

本詩詩題為〈小孩（二）〉，在「許諾已久的遠足在週日清晨被輕易忘記」之際，小孩將「那個週日之前」的自己割離出來，擺放在家中，而週日的自己則與其他同樣割離過自己的小孩，在街道上遊蕩。「最後消失的街口」是家的最外圍，離開了家屋的視線，他們不再受到庇護，往後所返回的家都不是那個家。每年的那個時刻，他們站在家的邊緣，看著過往記憶的輪廓，渴望返家，與過往合而為一，卻仍舊持續在城市裡遊蕩。

　　「冬日的海濱樂園」幾乎無人光顧，那是屬於孩童的荒野，一如〈在命定的時刻發現隙縫〉中的「在意識所能到達的最危險荒涼的歌劇院」，夏日的海濱樂園和城市中心的歌劇院皆承載著無數的人們。在同一段時間裡，我們與許多不認識的人在裡面共享遊樂設施或一段表演，專注於與他人擁有共同的記憶，便不會與其他時刻的自己產生連結，因而感受不到時間。當海濱樂園和歌劇院顯得冷冷清清，我們深刻感覺到這些場所昔日的樣子，並憶起當時的自己。然而這裡是家屋之外，在荒涼之境感受到的孤獨，無法與過往在臥房內各種時刻的孤獨連結在一起，因而割下「無以數計的左手無名指指頭」棄置於此，那是無法夢想所引致的失去，包括那「不被履行的諾言」。

　　兒時的記憶被留置在誕生的家屋中，長大以後或擺放在租屋處，或遺落在旅行至各地的旅舍裡，在每一個有床榻的房間裡，那些進入日夢的「夢遊者」由床的縫隙通往各個往日記憶。倘若尚未進入，當下的自己沒有過往可以依靠，便會流落記憶的邊境，嘗試找尋一條抵達中心的路徑。

三、在反射著彼此的光：
在目光的夢想中發聲

（一）與物的目光相遇

　　夢想的安尼瑪與安尼姆斯開啟相遇的瞬間，為了那個瞬間，個人的時間必須各自獨立，才能在那之間找到個人時間之外的瞬間——屬於宇宙的時間，承載分離與匯聚的空間也因而顯露。這裡要將前述裝載時間的實體空間再度虛擬化，轉換成一種夢想的「可伊托」[33]——那個裝載夢想，令它顯露的存在。

　　〈將冰冷／喧鬧／痛楚分開的〉一詩中，眾人在地鐵的車廂裡想像著一對愛人們，他們在那匿名的出發地被看見，開始被想像，最後因著想像抵達「神祕」。想像在車廂裡凝聚，夢想則在車廂外的某神祕境地完成，想像行動與夢想活動分別於可見與不可見之處產生，並且各自依附在眾人與一對愛人的形象上。交會的瞬間在候車的月台上，肉體上的錯過，開啟了夢想中的相遇。

　　作為想像主體的眾人一旦進入對「愛人們」的想像，後者便不再是現實中的兩個人，而是想像中被視為一體的物，那被「愛」所充實的物質。眾人受到想像的對象邀請而進入車廂，區隔出裡外，拉開想像主體與客體的距離，確保想像狀態的完成。由於「玻璃上蒙著霧氣」，眾人在車門關閉的那一刻，目光便無法再與之相遇，僅能將自己的眼睛附著在

---

[33]　原文為拉丁語Cogito，直譯為「思，故是」，後來發展出「存在」(existence)的含意，用以表示事物的存在狀態。不過不能將Cogito與existence視作等同，前者是後者的根本。巴舍拉將可伊托的概念運用到夢想詩學裡，他認為夢想者可在其愛幻想的自我中心提出「可伊托」，知道自己暫時離開，成為一種去旅行的幽靈（作夢者則不知道自己的離開）。夢想就在這「可伊托」之中誕生，在美好的形象出現時，提供其存在的肯定性。

想像的對象上，索取那些協助到達某處的物質：

　　眾人上車
　　否則，眾人想：
　　他們——還在吻著的那對——他們
　　怎麼樣向這樣的陰天索取
　　這些和解又怎麼樣向
　　這樣疾速駛過的車廂索取
　　不確定的顏色與韻律
　　怎麼樣向所有人宣佈
　　因為他們相愛
　　而要求所有剩餘的鎳幣

　　也有了理由
　　因此
　　向高空走索人借走他的軟鞋和緊身衣
　　除了那條繩索
　　因為愛人們較傾向於弧線
　　或是拋物線
　　為了那種拋擲的降落以及
　　突然的到達
　　因為離開已經無效但是到達仍然神祕。[34]

　　本詩的視角從一開始的想像主體澈底轉移到想像的對象上，並將行動完全交予他，最末想像主體已然消失，與對象合而為一。想像的對象形象鮮明且具有能動性，反映出主體的存在，而本詩視角的轉移，正好揭示出想像力運行的不同

---

[34] 夏宇，〈將冰冷／喧鬧／痛楚分開的〉，《Salsa》（夏宇出版，台北：唐山發行，2009.02），頁72-74。

階段：想像行為的揭示（明示想像主體正在「想像」，對象未知）－想像的開啟（想像對象被主體發現）－初步的想像（主體想像著已知的對象）－深入的想像（想像對象代替主體行動）。當想像主體能夠以其對象作為執行想像動作的一方，便成為了物的夢想者，在夢想中與物相遇，如〈夢見波伊斯〉中所述：

> 遲來的我參觀你的作品
> 走過那些安靜的物
> 被迫參加你的裝置變成你的材料
> 這個午後乃是稀有當我
> 站在一面大窗漏進的光　與
> 所有你的物品相遇[35]

　　本來這只是在「夢中」發生，而非「夢想」中，不過當作夢者於「這個稀有午後」，「站在一面大窗漏進的光」裡，即是進入夢想狀態中。「那些安靜的物」忽然鮮活了起來，不再被主體「參觀」或「走過」，而是以平等的姿態與之「相遇」。夢想的流動是雙向的，夢想主體與夢想的對象會「相遇」或者「不能相遇」，縱然「不能相遇」，夢想對象的存在亦是被肯定的。在夏宇的不同詩作中，分別提及相遇的可能性，諸如：相遇、不能相遇、相遇但無法開始……等等，如〈開始（三）〉：

> 他們倒數計時，進入新年
> 對時間分割的幻覺地帶
> 雨無止無休地下著

---

[35] 夏宇，〈夢見波依斯〉，《Salsa》（夏宇出版，台北：唐山發行，2009.02），頁16。

在以平面抗拒的景深裏
無數被雨所霧溼的
玻璃的反光中
我們清楚地遇到
而無法開始[36]

　　進入新年之後，「幻覺」地帶分割了歷史性的時間，
可見那個「新年」是「夢想的時間」，雨水不斷增強夢想的
力量，力量附著在玻璃上。如果可觸碰、堅硬的玻璃位在現
實裡，那麼「被雨水所霧溼的玻璃的反光」即是進入夢想之
中。〈將冰冷／喧鬧／痛楚分開的〉主體透過蒙著霧氣的玻
璃想像著對象，〈開始（三）〉讓夢想的主體與對象在「無
數被雨所霧溼的玻璃的反光中」遇到，而在〈蒙馬特〉中，
蒙著霧氣的玻璃是為了被擦拭，為了讓分別立在玻璃不同側
的人在夢想中對視。霧氣包覆著雙方的目光，進入「玻璃的
反光」中，原本相遇卻不得見，因擦拭而得以看見彼此，此
舉突顯出目光的夢想。因此，這裡夢想的可伊托於目光中誕
生，曾經一起的記憶在其中顯現：

書店裡的貓。
酒館裡的狗。
玻璃蒙著霧氣。
為了擦拭。
為了看見我走過。
為了這盲啞的對視。

是不是我們曾經一起死過。

---

[36] 夏宇，〈開始（三）〉，《腹語術》（現代詩季刊社出版，台北：唐山發行，
2003.03），頁81。

大家看起來都那麼眼熟。

有人上階梯。

有人下階梯。

都知道從此以後要去那裡。

有人辯稱那是假死。[37]

　　死亡不僅是一段生命的結束，也重新開啟了另一段生命，「曾經一起死過」意味著對視的雙方共同擁有一段久遠以前的記憶。「我」先走進了屋裡投射出的目光中，接著「我」的目光也投向屋裡，也就是說，屋子裡的目光邀請夢想主體「我」以目光的姿態走進來，相互滲透，一段共同的記憶展開，浸染了「我」和屋子裡的「大家」。原先各不相干的眾人在目光的夢想裡產生聯繫，於是「大家看起來都那麼眼熟」，成為了各式各樣的「我」，在夢想之屋裡短暫重逢，共同前往「那裡」。而那個地方藉由「往上」和「往下」抵達，上下階梯的動作是維持想像的動能。之後這棟屋子被打包起來，「我」也跑著離開：

阿北士路落著雨。

酒館裡吵鬧的煙和話語。

這些樓和窗子都是單面的。

是有人會架起梯子。

把它們捲起來。

帶走。

我跑著經過那個廣場和街道。

被雨打濕了套頭毛衣。

[37] 夏宇，〈蒙馬特〉，《Salsa》（夏宇出版，台北：唐山發行，2009.02），頁85-86。

先我過了馬路的男人回頭看我。

對我說一句話。

為了再聽一遍。

我隨他走進一間打鑰匙和做鞋底的店。

我問他您剛才說什麼。

他重複。

他知道重複可以讓我幸福。[38]

　　目光的夢想逐漸收攏，被誰打包帶走，將會在下一個地方為另一個夢想者敞開，「我」亦隨著夢想對象的離去而跑開。那「先我過了馬路的男人」興許是前一個在此處夢想的人，因此「他知道重複可以讓我幸福」。重複一句神祕的話語何以帶來幸福？那話語的內容並不重要，說出話語的狀態才重要。同樣的話語，第一次被說出來的時候如此隨意，第二次卻已準備好要「讓人幸福」，此刻從目光的夢想走出的主體，轉而進入話語的夢想裡。「酒館裡吵鬧的煙和話語」這一句，破解了前面安靜無聲的對視，而「先我過了馬路的男人回頭看我」這一句，將「我」帶向新的對象，他對「我」說一句話，暗示他們即將展開另一種夢想。先前「我」用目光接近它的對象，到了詩的末尾，則是透過話語靠攏過去。

（二）語言的目光

　　有聲／無聲的夢想在夏宇詩中交錯迴旋，有在寂靜之中漾開來的目光，亦有自目光深處傳出的聲響，目光與聲音相互包裹，突顯彼此的性質，處在其中的夢想者分別對著它們

38　夏宇，〈蒙馬特〉，《Salsa》（夏宇出版，台北：唐山發行，2009.02），頁85-86。

夢想，填充到自己的不同空位中。當話語化為一種夢想的聲音，重要的不再是內容，而是講出口的當下狀態。具有目的性的言說是為了讓對方理解，進而對言說的內容產生反應，此時的語言只存在於意義中；若是為了執行言說這個動作，從動作中感受一些什麼，或者只為了傾聽某句話語，無論內容為何，都在聆聽的當下獲得滿足，那麼語言就成了一串無意義卻充滿活力的物質，使用與接收者從音調、發音的嘴型當中感覺到語言的存在價值。

語言或許可說是一種對物質的凝視，命名者以它們對物質的感受來命名。當我們使用這些語言，就是透過它們的目光去凝視那些物質，它們的目光滲入我們的目光當中，難分彼此。因此，只有感覺到語言被傳達的狀態而非意義，才能夠辨認出其中那些跨越時空的感受。目光的夢想者以凝視開啟夢想，接著語言讓凝視更加深入，並且更加接近原初。

我們先藉由〈被動〉[39]一詩，看看夏宇如何描述那個言說的當下狀態。詩裡安插了幾個以英文音標呈現的音節，如：/m/、/n/、/z/、/g/、/ʃ/，無疑暗示了言說的基礎，卻又是「必須很久很久不說話才發得出來」。那麼「不說話」並非指涉「不使用語言」，而是「不說可以辨認出意義的話」，剝落語言的表層，讓裏層的結構裸露出來。陳柏伶把這些聲音視為「內在的」，因其皆為子音，只是唇齒喉與空氣摩擦的姿勢，唯有遇見母音時，才能發出不一樣的聲音，同時也認為這是詩題「被動」的第一層指涉。[40]這般描述似乎暗示了只有在遇上「母音」時，「子音」才可以表達它自己，其他時候都待在「裡面」，是受限的、壓抑的、沉靜的存在。

---

[39] 夏宇，〈被動〉，《Salsa》（夏宇出版，台北：唐山發行，2009.02），頁57。
[40] 陳柏伶，〈據我們所不知的──夏宇詩研究〉（國立成功大學中文系碩士論文，2004.06），頁106。

陳柏伶僅以「內在的聲音」概括這些音節的狀態，進一步觀看或許可以發現，素來被忽略的「子音」，在失去母音的狀態下，忽然凝成一個清晰的形象，我們透過「她」的狀態看到了「子音」的樣子。「子音」是被動的，詩中的「她」亦然，兩種被動透過「她」的口舌繫在一起，共同向母音和那個對她呼喚、呵暖的「有人」表達自己的存在。

　　從閉口的/m/開始，經過嘴唇微張的/n/，到露出牙齒的/z/，再到舌根發出的/g/，最後抵達氣體逸出的/ʃ/，這無疑是一段「子音」展開自我的歷程，從關在裡面到釋放出來，我們終於感覺到它的躍動。然而相較之下，言說的主體似乎呈現相反的狀態，她直至最後仍然不動，只隨著湖面的冰凍、解凍而腫脹、彎曲、收縮，再繼續降低到湖底，依然無法自主。也正是由於主體持續處於被動的狀態，子音才有了破殼而出的地方，暗示了經常沒被注意到的語言本身，需要倚靠使用者的「被動」，才能讓語言重新充滿活力。因此，語言的夢想者將自身交託給語言，為了它凝聚自身，不動，持續降低。

　　巴舍拉描述人在靜止的湖水前夢想的狀態，他說：「世界在靜止的水中休息，在靜止的水前，夢想者加入了世界的休息。」[41]夏宇把人放入湖水當中，一切都靜止不動，只有湖底輕輕晃動，或許是世界在睡眠之際，那肚皮隨著呼吸有規律地起伏。湖中裝載著夢想者以及她的語言，語言在湖底，貼著世界的肚皮顫動，「她」則在湖面不動。夢想帶著語言從湖底上升至湖面，最終衝上天空，在風中發出「噓──」一聲，而她則下沉到湖底，持續深入世界的中心，把語言擠壓上來。「她」只專注於發出聲音的當下，「不轉頭」，「亦不張望」，目光縮小而至缺席，就這樣越沉越

---

[41] Gaston Bachelard著，劉自強譯，《夢想的詩學》（北京：生活・讀書・新知三聯書店，1996.06），頁247。

深，視線益發模糊。

至此，夢想者把自己交託給世界，把目光交託給語言，這並不表示她的隱沒，相反地，她在世界的最深處沉思。夢想從表面進入深處，再從深處升至表面，[42]語言載著夢想者的化身飛翔，觸碰各種事物，開啟種種夢想的風景。隨著音節的波動，夢想的畫面進入主體的目光裡，當我們置身其中，彷彿聽到那些散落的語言串連成一篇樂曲，夢想者與世界產生共鳴，和著音樂唱了起來，見〈嚇拉拉拉〉：

> 於是他們唱歌：嚇啦啦拉
> 於是他們唱歌：嚇啦啦拉
> 雖然他們保持矜持他們
> 唱歌：嚇啦啦拉
>
> 他們並不更淫猥，在怨懟之後，
> 親愛的，溫柔的，在反射著彼此的光
> 的眼中，面對面的，命定
> 而嚴謹的
>
> 於是他們唱歌：嚇啦啦拉
> 於是他們唱歌：嚇啦啦拉
> 他們也許將永遠
>
> 不可能遇見，如果根據數學：
> 日取距離之半，再取其半
> 再半、再半‥‥永遠不可能
> 擁抱：不停地分割下去的空間

42　Gaston Bachelard著，劉自強譯，《夢想的詩學》（北京：生活‧讀書‧新知三聯書店，1996.06），頁248。

5

第一章　相遇始於分離：空間現身，夢想現身

嚇啦啦拉
嚇啦啦拉
嚇啦啦拉

註：一尺之棰
　　日取其半
　　萬世不竭
　　　莊子「天下」[43]

　　「在怨懟之後，親愛的、溫柔的在反射著彼此的光的眼中面對面」，夢想者與世界走過那些帶有攻擊性的狀態，來到彼此的目光之中，以歌聲揭示自己的存在。巴舍拉說：「世界在我身心中呼吸。」[44]夏宇則道出世界在我們身心中唱歌的樣子，主體在湖底吐出音節，在世界的環繞下發出聲音，世界滲入她的體內，溶解語言的意義，回返到兒時學說話的狀態——在確實理解意義之前，先說出聽到的音節，純粹享受著發聲的瞬間。此刻的聲音非由自我意識操控，而是世界的意識，當我們將這個瞬間延續下去，明確意識到世界的意識，當中所發出的聲音匯聚成歌曲，雙方都處在彼此的目光中，不可能實際遇見，僅透過歌聲來對話。兩種歌聲就這樣穿梭在目光之間，即使合唱得再完美，旋律、速度、聲線極其靠近，仍然是雙重的聲音，快要擁抱到對方但永遠擁抱不到，或者說它們的擁抱是一種分離之後的聯繫，再看〈擁抱〉：

[43] 夏宇，〈嚇啦啦啦〉，《腹語術》（現代詩季刊社出版，台北：唐山發行，2003.03），頁23-24。

[44] Gaston Bachelard著，劉自強譯，《夢想的詩學》（北京：生活・讀書・新知三聯書店，1996.06），頁225。

風是黑暗
門縫是睡
冷淡和懂是雨

突然是看見
混淆叫做房間

漏像海岸線
身體是流沙詩是冰塊
貓輕微但水鳥是時間

裙的海灘
虛線的火焰
寓言消滅括弧深陷

斑點的感官感官
你是霧
我是酒館[45]

　　霧和酒館怎麼樣也融不進彼此，即使是「濃霧中的酒館」，依然是分別獨立的存在，如「感官感官」般並排在一起。通篇句式結構都是將兩個沒有關聯的事物連成串，以「是、和、叫做、像、但、的」等詞語作為分界，那些事物分別立於兩側，無法擁抱，但詩人帶領我們展開行動，令它們擁抱在一起的行動。這是最後一首剪貼而成的詩，夏宇說：「貼完〈以訛傳訛〉直覺是最後一首了，但接著又貼了

---

[45]　夏宇，〈擁抱〉，《摩擦・無以名狀》（夏宇出版，台北：唐山發行，
　　　2005.05），無頁碼。

〈擁抱〉，完完全全地感官。」[46]在〈以訛傳訛〉中，歌聲振動椅背，激起對方，它們涉身其中，向彼此穿透：

買一雙鞋　跳躍消失

唱歌：無所不容
唱歌：無所不愛

變得準確
無可描述　意念　圓舞曲
最後就
振動椅背

將被完全
激起的人
他知道我知道了

從來沒有乾過但
彼此欣賞

一致地愛
一群安靜的壞

一起責備

向前邁進

---

[46] 夏宇，〈逆毛撫摸〉，《摩擦‧無以名狀》（夏宇出版，台北：唐山發行，2005.05），無頁碼。

涉身其中
一種直覺

向彼此不斷地
穿透
而完全不懂
而

蹇滯
困頓　而
說的「距離」[47]

　　然後他們「開始擁抱」，在僅存的字詞之中，覓得那親密的對象。夏宇先拿著「風」找到「黑暗」，拿著「門縫」找到「睡」……，最後在「你」身上看到「霧」，在「我」這裡發現「酒館」。它們兩兩分離、相互吸引、試圖擁抱但不成功，被包含進去，「成為」對方。於是「你」是飄渺朦朧的形象，「我」是昏暗慵懶的形象，在這個對立得如此和諧的境地，我們與世界成了舞伴，輕巧地旋轉，在旋轉中成為彼此，一支舞結束之後便會退開，接著重新旋轉在一起。「是、和、叫做、像、但、的」是拉著的兩雙手，是旋轉時的支撐點，當你和霧、我和酒館旋轉之際，在夢想的目光中紛紛融合成一樣的顏色，模糊而愉悅的顏色，而那些比較壞的令人生厭的在其中，也就不那麼壞了。

　　夢想的形象分離為安尼瑪與安尼姆斯，個體的時間分離為一個個當下主體，目光始於兩個人以上的對視，語言始於拆開的音節，從這些分離的狀態中，通往夢想深處的路徑顯

---

[47] 夏宇，〈以訛傳訛〉，《摩擦‧無以名狀》（夏宇出版，台北：唐山發行，2005.05），無頁碼。

露出來，恍如自裂隙中洩漏出來的光，光中有著世界上的各種物質，與我們一起夢想。

第三章

在旋轉中抵達：
通往夢想的路徑

前面的章節從分離之中更清楚看到物質的本源，分離之後獨自存在的形象分別開展，脫離雜亂渾沌、毫無生氣的狀態，接著匯聚在一起，共同抵達那個神祕、難以掌握卻值得深入探索的境地。想像的力量在這段歷程裡逐漸被啟動，夢想的安尼姆斯與安尼瑪藏身在無數個反面之中，安尼姆斯是軸，安尼瑪是旋轉，夢想者和世界在他們的合作下共同旋轉，形成「模糊而愉悅的顏色」。這是個不斷旋轉才能夠維持並趨近於的顏色——夢想的顏色，需要安尼姆斯的支撐與安尼瑪的流動。

　　在此又要重新返回「空間」，那得以承載物質且不易形變的特性，適合作為支撐用的「軸心」，這次被支撐的物質不是時間，而是白日的夢。在夜晚的夢中沒有空間支撐，我們無法安心，持續墜落，也就沒有夢想的主體；而白日的夢可以在空間當中凝聚，返回曾經儲存於此的記憶，將每個當下主體合而為一，然後在穿越空間的同時，拓展了所有當下的邊界，空間的界線使夢想得以停泊，夢想的主體因之而現形。

　　於是在安尼姆斯的支撐下，主體開始旋轉，進行「安尼瑪」式的探索，為了觸及到更完整的夢想，一次又一次繞行，在不斷循環往復的路途中重新開始抵達，拾回失落的想像經驗。拾起的當下，我們於有遮蔽的空間中凝聚自身，連通到過往，然後從地下道裡往上走，將凝聚的力量迸發出來。想像能量自空間內部溢出到外部，孤獨傾瀉而出，去到異地旅行，然後發現原初的自己，透過這樣一趟又一趟重新開始的歷程，我們與世界、世界中的自己益發親密，往夢想的更深處前進。

一、充滿遺失物的城市：
走向過往的當下

（一）路：一次比一次接近

　　在〈隱匿的王后和她不可見的城市〉裡，為了進入日夢，詩人必須尋覓過往因無法夢想而失落的物品，如：出走的銅像、不被履行的遺書和諾言、識破的陷阱、混淆的線索、消滅中的指紋、所有遺失的眼鏡和傘等。她不斷地行走，將它們蒐羅起來，標記每一個失落記憶的藏身處，繪製出一張地圖，如巴舍拉所言：「那麼，我們每個人都應該談一談他的小路、他的岔路、他的路邊長椅；我們每一個人都該做一張地籍圖，把他失去的鄉野標示出來。」[1]而對於自己所失去的鄉野，夏宇是這樣子標示的：

> 在她的國度，一張
> 牽強附會的地圖。
> 出走的銅像不被履行的
> 遺書和諾言識破的陷阱
> 混淆的線索和消滅中的指紋以及
> 所有遺失的眼鏡和傘等
> 組成的國度。
> 她暗中畫著虛線，無限
> 擴大的版圖。
> 一座分類詳盡的失物博物館，好極了。
> 另外呢，就是那些命運以及
> 歷史都還未曾顯現跡象的時刻吧

---

[1] Gaston Bachelard著，龔卓軍、王靜慧譯，《空間詩學》（台北：張老師文化，2007.04），頁73。

她草擬了秋天的徒步計劃（目的不明

但將在每一個十字路口右轉）

寫好一個輕歌劇

餵了貓

寫了信

打一個蝴蝶結

在永不悔悟的心[2]

　　詩人撿拾那些流落在房間之外的記憶，將那些亟欲忘卻
的人事物，重新收納進來，不知不覺便來到「歷史反面的城
市」，這個城市的疆界由「虛線」繪製，版圖會隨著收納進
來的記憶而「無限擴大」。不同於臥房中那些寧靜安和的記
憶，房門外、屋外的世界存放著令人不安的記憶，若我們尚
未進入日夢，暗影會藉由夜晚的夢，流落至城市中各個偏
僻的角落，我們四處遊蕩，直到願意「對他方的白日夢永遠
保持開啟」[3]，才能夠隨時在每一條街道上，覓得屬於自己
的家。

　　「她」嘗試尋找一條進入日夢的途徑，引導身處記憶邊
境的自己返回，這樣的意念開啟了「這座城市」，即使把握
到進入的關鍵，仍然需要一次比一次更加深入，抵達日夢的
核心。因此「她」擬訂了一個徒步計畫，行走於安頓各式不
安的城市裡，這裡給予我們明確的指示，所有的不安在此被
「理性化」地歸類，形成「一座分類詳盡的失物博物館」，
而且準備容納「那些命運以及歷史都還未曾顯現跡象的時
刻」。這裡的狀態與巴舍拉所描繪的閣樓有部分相似之處，

2　夏宇，〈隱匿的王后和她不可見的城市〉，《腹語術》（現代詩季刊社出
　　版，台北：唐山發行，2003.03），頁2-3。
3　Gaston Bachelard著，龔卓軍、王靜慧譯，《空間詩學》（台北：張老師文
　　化，2007.04），頁133。

他認為閣樓向天空延展，令我們得以上升到那孤寂之處去夢想，所有的不安在「上面」顯得清晰而理性，如同鼠輩見到人之後迅速返回各自的洞中。

縱然巴舍拉以為城市裡的建築物毫無「縱深」可言，徒有「外在的」高度而未具備心理的高度，對此夏宇大概只會淡淡地表示：「那又怎麼樣呢？」她擁有通往無限多區域的街道，一旦執行了那個徒步計畫，將在每一次轉彎時，察覺到自己與街道的互動。每當左右兩邊的街道向自己敞開，她都同樣會選擇「右邊那條」，在這個城市裡圈出自己的「角落」，而在這個角落裡，每條街道的交叉點宛如牆壁的銜接處，向內凝聚。當我們走完一圈，可以從那些轉角獲得一些淺薄的安全感，觸及日夢的邊緣。

除非恰巧碰上死胡同，否則在每一條無限延伸的十字路口上，朝同一個方向轉彎，將會繞回原點，無止盡循環下去。我們一次次往外拓展自己的空間，又再返回原初，重複行走的街道上充滿著我們的腳印，給自己蹲踞的空間益發鮮明。日夢不是一次就能完全抵達的狀態，而是不斷接近、深入，在每一個當下重新開始。在〈開始（一）〉裡，夏宇也運用城市的空間，來詮釋「重新開始」這樣的意念：

　　　真的有一個交叉點，兩條對角線交錯處，點被塗黑，畫上花朵的形狀。人在無垠的空間裡追求無可替代的交叉點。（像他認識的一個衰老的空中飛人再也做不好一個空中後滾翻，懷著悲悼的心情追憶著過往身體離開鞦韆在高空中到達另一個鞦韆上的絕妙的一刻。那樣平凡的肉體，他想，在那麼絕對的時間和空間的交叉點上，沒有任何錯失。但他真的沒有辦法再相信任何的交叉點，他用眼睛畫著那些虛線，

在他所有的生活行徑中，並且避免與其他虛線
交錯。別人想像不出何以落地之後他顯得如此
之費力，譬如他走路不停地感覺要轉彎。）

　　我開始往河邊的方向走，是，我如此喜愛開
始，在一個交叉點上開始，面對著水鳥盤旋的
天空，假日的渡輪像記憶一樣駛過，夏天的印
象在冬日的手記中翻湧，帶著金屬堅硬的質感
，發出銅板碰撞掉落的聲音，雪，雪將被完全
地遺忘。[4]

　　〈開始（一）〉將〈隱匿的王后和她不可見的城市〉
的意象又再表述了一次，兩相對照之下，夏宇的意圖益發
明確。在〈隱匿的王后和她不可見的城市〉中，夏宇用虛線
來表述「歷史背面的城市」的無限疆域，框出進入日夢所必
須的「想像空間」；到了〈開始（一）〉，虛線所框出的空
間變為「角落」，意即在〈隱匿的王后和她不可見的城市〉
中因不斷右轉而產生的空間。我們的視線停駐在所有嘗試作
日夢的痕跡上，以巴舍拉的話來說就是：「把我們曾經生活
過的宇宙，用圖畫走過了一遍。」[5]這裡的生活並非日常經
驗，而是想像的經驗。之所以避免「與其他虛線交錯」，是
因為每個當下回溯過往的歷程都不一樣，我們在每一次與過
往的連結之中，都會發現新的需要安頓的自己，欲豐富「失
物博物館」的館藏，需要倚靠一次次的尋獲。

　　〈開始（一）〉在許多段落中，不斷地描寫「開始」
的狀態，結合〈隱匿的王后和她不可見的城市〉來看，我

[4]　夏宇，〈開始（一）〉，《腹語術》（現代詩季刊社出版，台北：唐山發
　　行，2003.03），頁78-79。
[5]　Gaston Bachelard著，龔卓軍、王靜慧譯，《空間詩學》（台北：張老師文
　　化，2007.04），頁74。

們總是有一個「當下」作為起點，透過想像持續趨向原初，最終的目的地便是起點，所以無論怎麼走，都只是「正在開始」，介於尚未開始與已經開始兩者之間。除了詩行裡不斷傳達出「正在」重新開始的狀態，夏宇也讓整首詩真正地重新開始。在由她主編的《現在詩第九期：劃掉劃掉劃掉》裡，每一首詩的文字都是從各類報章雜誌的某一頁擷取而來，僅留下欲組成詩句的文字，其餘皆以黑線劃掉。如此作為正是讓那些文章以不同的面貌「重新開始」，分岔出其他的可能。

其中最特別的是，夏宇翻拍了印在《腹語術》中的〈開始（一）〉前兩頁，劃掉多數內容，只留下這兩句：「幾隻鴿子在牠們自己的糞便之間／即將要下一場雪」[6]，並將之定一詩題為〈朝一個相反方向發展〉。她是如此真真切切地讓一首詩重新開始，把它從《腹語術》挪至《劃掉劃掉劃掉》，成為一首詩中詩、詩刊中的詩集，一個場所竟重現在另一個場所，如同「這扇門中鑲嵌著另一扇門」，每一個當下都真真切切地包裹著過往的每一個當下。然而夏宇所要通往的並不是「過往的那些當下」，而是這段「想像的歷程」，所以她說：

（我站在花的心上，右手手臂往右伸出的長度，再乘以一千萬倍，中指指尖快要碰到的地方，其實那是我真正想去的地方。）[7]

想去的是「快要碰到」的地方，意味著這段「觸碰」的

6　夏宇，〈朝一個相反方向發展〉，收錄自夏宇編，《現在詩09：劃掉劃掉劃掉》（台北：心靈工坊，2012.01），頁91。

7　夏宇，〈開始（一）〉，《腹語術》（現代詩季刊社出版，台北：唐山發行，1991.03），頁77。

歷程才能夠開啟她的日夢。詩人以自身為軸心，右手手臂的延伸是她當下的想像所能觸及的範圍，擴張到極大，不過她並沒有想去到「想像的邊界」，而是快要觸到邊界的那個隱形縫隙內的深處，那個直抵日夢核心之處。這樣的觸碰已不再聚焦於觸碰的「對象」，而是手指的狀態：

> 她告訴我音樂課有一種專為訓練手指用的無聲鍵盤
> 手指吸收了音符藏在指紋裡
> 只有撫摸時可以聽見
> 噢我聽得很清楚我說清楚極了多麼好的音箱
> 回聲遠遠傳來荒山野地那是我的身體嗎
>
> 我很想說那是記得
> 可是那就叫做忘記[8]

　　手指吸收了宇宙的聲音，沒有辦法直接傳遞至身體的各個角落，我們的感官各自獨立，如同不同時刻的記憶。於是詩人觸碰「鍵盤」，當手指與鍵盤兩者產生震盪，人與物體的界線不再明確，感官記憶從自身移轉到物體上，開啟了兩者之間的空間。在這個空間中，自然的音樂迴盪在整個身體裡，整個「荒山野地」也在其中，我們的身體忽然變得如此廣闊，這裡便是「指尖快要碰到的地方」，是夏宇「真正想去的地方」。

（二）地下道：入口的樣子

　　或用雙腳「走出」一個空間，或用手臂延伸出一個空間，我們知道無論自己正在旅行途中，或是端坐在屋內，都

---

[8]　夏宇，《第一人稱》（夏宇出版，台北：布丁紅發行，2016.07），無頁碼。

有進入日夢的途徑，那道縫隙永遠為我們敞開，只需要適當的觸發。夏宇的觸發點是身體與日常物件的觸碰，觸碰可以同時引致「向內凝聚」與「向外擴展」的力量。

指尖與鍵盤的觸碰引發了可供日夢的空間，物體可以作為人與空間的媒介，其中「椅子」是個很好的連接物。當個體坐在椅子上，椅腳就代替了人的雙腳，站立在地面上。此時，椅子是人與空間的連接點，我們的靈魂與空間產生共鳴，迴盪在天地間。在〈偵探小說疏忽的細節〉中有一段：「至於噴嚏，她說／每當進入一個新的空間在最接近大門的／一張椅子上坐下來首先壓縮了椅墊和／椅墊間的空氣再以微微不安的姿勢振動椅背／我在心底深處發出一組嗚吧吧吧嗚」[9]，描述了詩人與椅子這個物體產生共鳴的狀態。他們合為一體，使靈魂發出了寂靜的聲音，必須沉浸在自身裡，才能夠聽到內部的騷動。在〈詠田園〉當中，詩人坐在椅子上聆聽音樂：

> 那些離開現代美術館被一幅
> 倒掛的畫所傷的人匆匆
> 回家以後坐在椅子上想
> 想很久
> 然後聆聽一段貝多芬
> 永不更改的田園
> 永不凌遲的田園[10]

畫是世界的縮影，是一個微型的宇宙。當人們走進美

9　夏宇，〈偵探小說疏忽的季節〉，《腹語術》（現代詩季刊社出版，台北：唐山發行，2003.03），頁4。

10　夏宇，〈詠田園〉，《腹語術》（現代詩季刊社出版，台北：唐山發行，2003.03），頁6。

術館，期待自己能夠沉浸在一個個自己能掌握、屬於自己的天地裡時，其中那一幅倒掛的畫，令他們倍感威脅，彷彿闖入一個生活與我們差距甚大的小人國，不僅掌握不了，還深怕被那個世界吸納進去，找不到自己。他們因無法進入甚至無力抵抗而頹喪，這份傷害必須被平撫，眼睛受到不小的打擊，暫時無法平復，於是改以耳朵作為連接宇宙的管道。

貝多芬是個愛好大自然的音樂家，他的田園交響曲就是在歌頌大自然，在一八〇八年夏天的書信中說：「我在灌木、大樹、草坪和岩石間行走的時候，是多麼快樂啊！因為樹叢、花草和岩石，都能給人以共鳴。」[11]詩人並非在聆聽貝多芬的田園交響曲，而是在體會貝多芬所給予她的詩意的想像。聆聽樹叢、花草和岩石發出的寂靜聲響。我們內部的聲音附著在大自然的物質上，而這樣的聲音，在寂靜裡證明了世界的存在，是證明人與世界產生連結的單一存在。[12]一旦藉由自然的物質發聲，那份原始的質樸以回聲之姿，駐紮在我們體內，如《第一人稱》當中所述：「只有撫摸時可以聽見／噢我聽得很清楚我說清楚極了多麼好的音箱／回聲遠遠傳來荒山野地那是我的身體嗎」[13]。

當我們坐在椅子上，透過椅子，自身成為了家屋的一部分，大自然的音樂在我們與椅子之間展開，家屋的每一個角落遍佈著泥土的氣息，天地凝聚於此。假設用雙腳站在地面上，自身會是具有活力的、動態的，隨時可以拋棄這個空間，也隨時都會被空間拋棄，因而無法靜下來面對自我，也無法接納那些田園、那些曠野。如若把全身的力量都交付給椅子，從原本站立於地面上，到坐上椅子，我們便從充滿

[11] All About Ludwig van Beethoven, Symphony No.6. The Pastoral Symphony。網址為http://www.all-about-beethoven.com/symphony6.html，2015.06.10查閱。

[12] Gaston Bachelard著，龔卓軍、王靜慧譯，《空間詩學》（台北：張老師文化，2007.04），頁273。

[13] 夏宇，《第一人稱》（夏宇出版，台北：布丁紅發行，2016.07），無頁碼。

活力的陽性狀態來到安寧的陰性狀態。在此，椅子成為了那「夢想的斜坡（la pente）」[14]，於是我們放鬆地向下滑行，週遭的景色逐漸清晰，與天地愈來愈近。

固定空間裡的椅子與流動空間裡的椅子有所差異。〈遁辭〉描寫了地下鐵這個車站空間，作為一個短暫停留的地點，人們並非來到此地享受寧靜，總是帶有目的性地進入，可以說是具有移動性質的空間。他們清楚知道自己將「穿越」這個空間，而非「待在」這裡：

> 地下鐵裏木頭長條椅子被幾千幾百萬
> 個屁股摩擦得光滑發亮一個剛下車的女
> 人坐在這裏寫日記佔據了 1／5 的座位
> 她想我沒有辦法克制自己不去描寫任何
> 的「當下的情況」譬如描寫現在坐著的
> 地下鐵裏木頭長條椅子被幾千幾百萬
> 個屁股摩擦得光滑發亮一個剛下車的女
> 人坐在這裏寫日記佔據了 1／5 的座位
> 她想[15]

列車停靠，詩人從往昔的空間來到當下的空間，挾帶著記憶穿越過來，透過寫日記這個動作，把那份記憶給收納起來，成為自身所經驗的對象。如果她所書寫的是之前發生的事件和感受，那便只能擁有「歷史性的記憶」而非「宇宙的記憶」，因此她書寫了「當下的情況」。專注於當下，不代表擯除往昔的記憶，只是將它們納入當下的一部分，讓時間

---

[14] Gaston Bachelard著，劉自強譯，《夢想的詩學》（北京，生活・讀書・新知三聯書店，1996.06），頁80。

[15] 夏宇，〈遁辭〉，《腹語術》（現代詩季刊社出版，台北：唐山發行，2003.03），頁46。

不再是歷史性的時間，而是空間化了的時間。記憶銘刻進身體裡，被帶往當下，當下的宇宙空間會讓往昔聚集在一起，「現在之我」便等同於「過去之我」。唯有賦予記憶一個實體，才能有真正完整的記憶，因此當下的自己必須用想像來填滿回憶之間的縫隙。

　　書寫當下的過程，就是想像與回憶鎔鑄在一起的過程，而這樣的過程因投射在實際存在的物體上而顯現，比如描寫地下鐵裡木頭長條椅子的狀態，連結了椅子投射出來的過去：「地下鐵裡木頭長條椅子被幾千幾百萬個屁股摩擦得光滑發亮」，以及椅子投射出來的現在：「一個剛下車的女人坐在這裡寫日記占據了１／５的座位」。在第二行與倒數第三行的詩句皆為：「個屁股摩擦得光滑發亮一個剛下車的女」，「亮」與「一」中間是兩種時刻的交會點，描述過去與現在的詩句這樣一擺放，兩種時刻的椅子便銜接在一起，成為真正完整的長條椅子。如此一來，詩人與椅子共同經驗到寫日記前到寫日記中的這段記憶，在流動的車站空間裡，固定的椅子讓詩人與實體化的記憶融為一體，成為宇宙的一部分。

　　位於城市底下的地下鐵與地面銜接得很澈底，完全被視為地面上移動的一環，當我們往下走時，所期待的不是地底下的世界，而是到站後返回地面上的光景。夏宇的詩中沒有巴舍拉所提及的「超級地窖」──那位於城市底下，龐大而錯綜複雜，通往鄉間的地道，只有地下鐵。走入「超級地窖」，是為地底探險而來，是為即將通往的不知名之境，比起「出口」，更會聚焦在地道的「入口」與「出口」之間，其中所具有的神祕感令人產生一種錯覺，彷彿來人本就誕生於土地內部。相較之下，地下鐵並不屬於地底世界，而是屬於地面，「土地」成為具有穿越功能的媒介，車廂代替我們抵抗地底下的恐懼，或可稱之為「地下城市漂移大師」：

活埋後的瞬間脫逃我崇拜的地下城市漂移大師們日日
演練
在這一個點上我迎來他們的流動
他們流動使得我快速被流動[16]

　　列車進站時，同時也進入凝視著它的眾人的體內，跟著車廂移動，我們會有一種身體自行移動的錯覺。那些「地下城市漂移大師」在地底下固定的路段循環，如我們在地面上不斷往返同一條路。當我們搭乘地下鐵，往返於某一條線的起始站與終點站，我們實實在在地跟著車廂繞了完整的一圈，卻又是在同一個點上靜止不動，或只移動了幾步的距離。通過地底各處的是車廂，我們的軀體藉由車廂四處穿梭，而意識在這樣的流動之中，深陷於車廂裡，與之交融在一起。地面上的公車、火車不似地下鐵那般，令人深刻感覺到自身動與靜所開展出的空間，我們可以透過車窗，看到無限延伸的風景。少了地底的封閉感，宇宙的能量便不是由我們自身「迸發」出來的，而是由車窗外遼闊的自然空間注入。如此說來，在狹小的地底下穿梭的地下鐵車廂，無疑擁有一股強大的能量，足以抵抗狹窄、黑暗的恐懼。

　　接著再把視角移到地面上來看，雨水取代地下鐵，成了誘發能量的因子。夏宇的詩中得見許多「穿越」的狀態，經常以雨水觸發。〈在陣雨之間〉的詩句裡有：「我正孤獨通過自己行星上的曠野」[17]，而〈雨天女士藍調〉的第一段是：「於是／如同你知道的／我只是一個穿過的人」[18]，當

---

[16] 夏宇，《第一人稱》（夏宇出版，台北：布丁紅發行，2016.07），無頁碼。

[17] 夏宇，〈在陣雨之間〉，《腹語術》（現代詩季刊社出版，台北：唐山發行，2003.03），頁13。

[18] 夏宇，〈雨天女士藍調〉，《腹語術》（現代詩季刊社出版，台北：唐山發行，2003.03），頁35。

水的意象流淌在詩句之間，詩中空間既有的界限被消弭了；當雨水灑落到皮膚上，我們被賦予了開啟日夢的能量。原本的現實空間之於我們，彷彿外殼之於軟體動物，活動的軌跡受到侷限，直到受到觸發。以蝸牛為例，牠們在雨天時聚集，雨水觸發了出殼的能量，當我們不曾被限縮在過小的空間裡，不曾隱匿自身，逃逸這個舉動也就不會存在。因此，外殼的存在意義就是要被軟體動物「鑽出來」，從隱匿到鑽出的那個瞬間充滿了十足的攻擊能量。[19]雨天誘發出了許多暴力因子，如同〈雨天女士藍調〉的最後一段：

> 整個季節冗長的雨。
> ••••「並非夢或陰影，而且顯露
> 在一剎那間充滿生命的不可預知的東西。」
> 雨。「有力地侵入任何經驗之片段。」[20]

從隱匿到顯露出來的那一剎那，「充滿生命的不可預知的東西」湧現，帶有攻擊性地「侵入」記憶，無論當下還是過去，都被這股能量貫穿，那樣的狀態無疑充滿了攻擊性。來到世上，觸目所及的現實空間是如外殼一般的存在，完整包覆著我們，在安適的狀態下共同成長，有了適當的觸發，我們才能將現實空間與想像空間接合起來，抵抗外部的侵襲。〈乃悟到達之神祕性〉描寫一個小房間座落在風雨來襲的城市裡，最後一段寫道：「只有我／在身體的第6次方／我穿牆而過」[21]，詩人的身體必須與牆壁融合，成為殼的

---

[19] 蝸牛的比喻出自Gaston Bachelard著，龔卓軍、王靜慧譯，《空間詩學》（台北：張老師文化，2007.04），頁195。

[20] 夏宇，〈雨天女士藍調〉，《腹語術》（現代詩季刊社出版，台北：唐山發行，2003.03），頁36。

[21] 夏宇，〈乃悟到達之神祕性〉，《腹語術》（現代詩季刊社出版，台北：唐山發行，2003.03），頁75。

狀態，才有力量可以穿越過去。也因著這次的穿越，牆壁變成了「通道」的一種，只有「我」的身體的特定角度能穿過牆縫，畢竟每個個體與日夢接軌的姿態都不一樣。接著，〈Soul〉展現出另一種姿態：

> 死去多年的女人回來與我們相會
> 我們感覺到但看她不到
> 聽到她的聲音指示我們
> 操作屋子裡的一架放映機（總
> 是在那裡）手搖放映機發出輪軸
> 滑動的聲音投出一束光（總是
> 一束光）圈住屋裡另一個角落
> 在那束光下
> 於是她出現[22]

「死去多年的女人」就在屋子裡，那是屬於過去的人、過去的我們，然而她原來是不可見的，直到「我們」操作「手搖」放映機，她才在投射出的光底下現身。很顯然地，放映機在「手」的介入之下，讓那過去的人現身，在光束下出現的她，儼然穿越了放映機來到屋子裡。此時，過去與當下的自己面對面，屋子中現實與日夢的通道打開了。到了最後一段，才發現原來此刻正下著雨：

> 對此刻的醒來說
> 下了一點雨就很
> 害怕分離
> 會中斷這雨

[22] 夏宇，〈Soul〉，《Salsa》（夏宇出版，台北：唐山發行，2009.02），頁137。

雨中溫暖的屋子裡
溫暖的溫暖的溫暖
的屋子裡
總是感到猶豫[23]

　　「死去多年的女人」出現的此刻，屋子是「醒著」的狀
態，「害怕分離會中斷這場雨」意味著「此刻」是完整的，
雨也持續下著。也就是說，淋著雨的屋子從「夢中轉醒」，
一如「死去多年的女人」從隱身到現身，屋子與人有著同樣
的脈動，一同被觸發，這股「顯現」的能量帶來了巨大的溫
暖。結尾停在「猶豫」實在相當神祕，我們總是不能保證日
夢的通道能不能持續開啟，每個當下都得重新進入，予人相
當程度的不確定感。

二、穿牆而過：一段「向內」　與「向外」並行的旅程

（一）窗戶：孤獨的溢出

　　我們自身的能量在穿越空間時被觸發，原本圈限行動範
圍的空間，成為前進廣闊天地的基石。那麼該如何在受限的
空間裡，把外面宇宙的浩瀚給涵納進來，安放在我們體內的
一個小房間裡呢？這裡以巴舍拉「內與外的辯證」作為切入
的可能，觀看夏宇描繪屋子內外的著力點，以及主體在其中
的狀態。

---

[23] 夏宇，〈Soul〉，《Salsa》（夏宇出版，台北：唐山發行，2009.02），頁
138。

巴舍拉以「門」的意象當作內與外的滲透的點，在開啟與關閉之間，一扇「遲疑」的門的形象顯現，我們有著雙向的夢。再來看到夏宇的詩，她的門經常關閉，關閉著的門裡面有一個房間，我們站在外面看它，或者在房間裡看到關住另一個房間的門，它並不向當下的自己敞開，即使在房間中也進不去「門的裡面」，只能透過縫隙窺往內部。那些門如此堅硬，只屬於被關住的物質，以不同性質存在的記憶在裡面翻騰，我們擁有它們、蒐羅它們，卻難以觸碰。緊閉的門對內是一種保護，對外則是一種抵抗，立在外面的我們感覺與裡面相當遙遠，那些分裂的門和門後的房間被收納在我們的體內，並不為我們所吸收，必須透過牆上的「縫隙」逃逸出來，而窗戶是最能代表「牆上縫隙」的意象。

　　即使房間裡的窗戶緊閉，我們仍能透過透明的玻璃看到裡面，看到擺放的家具及其他存於其中的物質。目光的路徑可以從裡到外，也能自外而內，當四周皆為無法透光甚至隔絕聲音的牆壁，作為壁上一個被設計好的孔洞，既展現出內外的區隔，又內外不分。也就是說，嵌在牆上的窗戶將「外面」納入「裡面」，也令「裡面」洩漏到「外面」，牆壁的阻擋引發窗戶的能量，成為一幅可以被雙向觀看的畫，兩面分別是不同的畫作。此時我們不立於「門外」，而是「窗下」：「所有愛過的人坐在那裡在窗下一排／大聲合唱輕不可測且有／即刻消失的傾向」[24]夏宇的這段詩句把瞬間的狀態描繪出來，那些過往來到「窗下」，他們的合唱震動了窗子的兩邊，且可能即刻消失。

　　窗戶洩漏並且框限出瞬間的喧囂，外面的光線或聲音滲透到裡面，如〈讓我把你寄在行李保管處〉：「月光穿過顫

---

[24]　夏宇，〈所有愛過的人坐在那裡大聲合唱〉，《腹語術》（現代詩季刊社出版，台北：唐山發行，2003.03），頁95。

動的白紗簾／浸透著一塊一塊冰涼愛著的我」[25]，又如〈多出來的6個小時〉：「早上起床發現外面傳來的音樂是悶著的／像有人被矇在鼓　搥打／這才意識到窗子是關了的／夏天過完了」[26]夏宇以白紗簾與「關了的窗戶」，表達被掩蓋的縫隙，以及掩蓋之後仍然透出的狀態，這裡屋內充斥著冰涼與寂寞，與屋外的溫暖、熱鬧對立起來。外面的騷動隔著玻璃滲透一點到裡面，正好讓詩人同時擁有「外面滲入裡面」和「裡面抵擋外面」這兩種互斥的感受。

　　她接收到滲進來的物質，感覺到屋子的抵擋，也激起自身的能動性，必須「做些什麼」讓裡面的物質洩漏至外面，如〈我和我的獨角獸〉中的「琴聲像牛奶從窗口沿著階梯流下像鼻血」[27]，又如〈開始（一）〉中的「有人從窗口潑出牛奶，計算著牛奶結成冰的時間」[28]。似乎可以想像早晨的餐桌上擺放一杯牛奶，我們把屋內帶有朝氣的液體灑向外邊，到了外邊卻變成了鼻血、冰等冷硬的物質，存在於「私密空間」的溫馨接觸到「未知空間」，便化為尖銳的形象，抵禦未知空間裡那股自然的力量。那股力量一方面滲透到我們的體內，令我們有足夠的力量去夢想，一方面卻又必須抵抗它，在抵抗的過程中凝聚自身，彰顯自己的存在，如〈乃悟到達之神秘性〉：

推窗望見深夜的小城
只有雨讓城市傾斜

[25] 夏宇，〈讓我把你寄在行李保管處〉，《腹語術》（現代詩季刊社出版，台北：唐山發行，2003.03），頁93。

[26] 夏宇，〈多出來的6個小時〉，《Salsa》（夏宇出版，台北：唐山發行，2009.02），頁63。

[27] 夏宇，〈我與我的獨角獸〉，《腹語術》（現代詩季刊社出版，台北：唐山發行，2003.03），頁63。

[28] 夏宇，〈開始（一）〉，《腹語術》（現代詩季刊社出版，台北：唐山發行，2003.03），頁78。

只有風是橢圓的城樓

只有我

在身體的第6次方

我穿牆而過[29]

　　深夜的風雨為城市帶來威脅，令城市「傾斜」，令城樓變為「橢圓」狀，一個歪斜而不圓整的狀態包圍住「我」所待著的屋子。由於屋子的遮蔽，城市的風雨原本與「我」無關，「我」對屋子無所保留，正如屋子面對城市。窗戶將兩種關係連結起來，就在推開窗戶的瞬間，「我」凝聚自身的力量，令屋子附於自己的身體上，共同抵禦外來的威脅，並且從這份抵禦的能量當中尋獲原初的自己。也就是說，當一棟屋子隻身抵抗不友善的環境時，它的孤獨透過窗戶傳達給「我」，於是「我」在屋子裡的孤獨被往上疊加。推開窗戶的瞬間，既征服了外面風雨帶給屋子的孤獨，也同時征服自己身體裡面的孤獨。此時的身體超越了本來的樣子，是被孤獨籠罩的夢想的身體，比一般僅能見到的立方體更加「完整」，「在身體的第6次方」，那些不可見的平面足以讓「我」穿過，抵達身體內部的屋子裡，讓孤獨回到最原初的「裡面」。

　　「裡面」與「外面」不斷翻轉且相互滲透，我們逐漸脫離個人式的孤獨，與屋子的孤獨連結在一起，朝向我們所能追溯至最原始自然的孤獨。「夢想者的心靈是一對孤獨的意識。」[30]巴舍拉在《夢想的詩學》一書中如是說，那孤獨的意識並非指「一個人獨處」的日常經驗，而是想象經驗中孤

29　夏宇，〈乃悟到達之神秘性〉，《腹語術》（現代詩季刊社出版，台北：唐山發行，2003.03），頁76。

30　Gaston Bachelard著，劉自強譯，《夢想的詩學》（北京，生活・讀書・新知三聯書店，1996.06），頁80。

身一人的狀態。夏宇的〈在陣雨之間〉[31]聚集了許多孤獨：

在陣雨之間

　　〈在陣雨之間〉的句子很簡單，將「我正孤獨通過自己行星上的曠野」重複多次，將此詩的題目與內容連結起來，就是「在陣雨之間，我正孤獨通過自己行星上的曠野」，曠野的邊界隨著詩行日漸擴大，水把孤獨暈開，蔓延到每個孤獨的時刻裡。我們感覺行星距離自己很遙遠，可以把握到完整的形體，同時雙腳正立於曠野上，看不到邊界。詩人在「自己的行星」上走著，通過自身來完成孤獨，她很容易把握到自己，就像把握到行星一樣，卻沒有辦法把握曠野，如同無法完全把握到孤獨一樣。「行星上」的「曠野」就意味著「我」的「孤獨」，孤獨雖然屬於詩人，卻無法被詩人全然掌握，因此她不斷地通過曠野，不斷地體會孤獨，沒有盡頭。
　　在偌大的孤獨中，詩人用黑線框出那幾個空間，在其中把握到一些孤獨。框框裡的孤獨匯聚到詩人身上，因暫時被

31　夏宇，《腹語術》（現代詩季刊社出版，台北：唐山發行，2003.03），頁13。

孤獨充實而膨大，如同那些文字，因被框住而貌似脹大了起來。黑線替意象區隔出內外空間，「我」的形象隨著曠野這個意象而縮小，掌握不了孤獨；又隨著黑線框出的小空間而擴大，在小而封閉的空間裡，掌握到孤獨，就這樣被孤獨包覆著，沉浸在安靜的日夢之中。

　　這首詩一再重複表明詩人的孤獨，卻不作任何解釋，我們看不到她是否因某種心理經驗而處於一種不快樂的孤獨狀態，看不出焦慮、悲傷，只透過一再重複的詩句來強調孤獨本身，這或許就是在講述「孤獨本身的經驗」。柯克以梭羅認為孤獨的本質就是意識中無人涉入的狀態，所以孤身一人時，得以達到全然的自由與寧靜，擁有異於平日的空間感與時間感。[32]所謂意識中無人涉入的狀態，更精確地說，代表主體的意識不受到外在事物和內在經驗影響，當一個空間來到他面前，為他呈現出自身，主體是用超驗的想像力在感覺這個空間，正是意識對空間的某種想像召喚出孤獨。而此詩強調自己「正」孤獨通過，可見夏宇相當重視當下狀態的體驗，當孤獨凝結在當下，便完全屬於它自己。因此，與其說詩人感覺到孤獨，不如說孤獨透過詩人來呈現自身。

　　曠野把詩人的孤獨鋪展開來，在沒有邊界的野地裡無所遁形，完全可以意識到土地無限延伸的樣態。在〈野餐〉裡，曠野與孤獨的交織又更加鮮明了，因為死亡。死亡讓孤獨超越了軀體的感知，溢出體外，馳騁於曠野上。父親與女兒的孤獨本是天各一方，在此匯聚，躋身通過生與死的交界，進入時間靜止的當下空間，就在這片高地：

　　　　父親在刮鬍子
　　　　唇角已經發黑了

---

[32] Philip Koch著，梁永安譯，《孤獨》（台北：立緒文化，1997.09），頁40。

我不忍心提醒他
他已經死了

整夜我們聽巴哈守靈
他最愛的巴哈

我們送他去多風的高地
行進一個乾燥繁瑣的禮儀
給他寬邊的帽子，檜木手杖
給自己麻布的衣裳
組成整齊的隊伍
送他去多風的高地野餐[33]

　　於是父親與女兒的孤獨、生者與亡者的孤獨都在這「多風、不毛的高地」延展開來。是這樣一個寬闊的地方，地勢比一般要高一些，更接近天空，天地之間的距離縮短，風捲起細小的塵土，模糊了界線。在生與死、過往與未來之間，一扇門被開啟，不同狀態的孤獨交融在這個當下空間裡，與曠野的孤獨一起。如今父親的軀體脆弱、不安，終於空出一個空間，準備容納曠野。透過「野餐」，地面上的食物，連同整片無邊際的曠野都將納入他的口中。脆弱的軀體一時難以承受如此巨大的曠野孤獨，於是女兒將自己過往的孤獨與之感通，他以前不懂她的孤獨，直到死亡令他必須面對未知：

　　「現在，你能不能想起來
　　7歲的時候，我要你
　　給我買一套降落傘？」

---
[33] 夏宇，〈野餐——給父親〉，《備忘錄》（夏宇自印，1984.09），頁83-84。

我總是離題太遠
而且忘了回來

他等著，等很久
他說：「我怕。」
我不能同行
我委婉的解釋
他躺著，不再說話
他懂

他以前不懂，當我第一次
拒絕的時候，13歲
因為急速發育而靦腆
自卑，遠遠的，落在後面
我們去買書。
一個孤僻的女兒
愛好藝術………[34]

　　而女兒則是早先懂得孤獨了，於13歲時便顯得孤僻，並且已經投入到藝術世界裡，展開想像的體驗，甚至可以追溯到7歲時：「『現在，你能不能想起來／7歲的時候，我要你／給我買一套降落傘？』」這意味著她經常拍打著夢想的翅膀，一套降落傘可以幫助她隨時飛往想像的世界，而後又安全地降落在現實當中。此時女兒對父親說這些話，無疑是一種連結的暗示，她孤獨地飛翔許久，而父親才正要開始，她把自己的孤獨遺留給父親，然後離開。

　　我們讓孤獨在曠野上釋放，無止盡蔓延，再收納回來，

---

[34] 夏宇，〈野餐——給父親〉，《備忘錄》（夏宇自印，1984.09），頁85-87。

體內充滿了擴張過後的孤獨。即使所處的地方沒有屋子，也沒有窗戶，還有我們的身體作為自身的屋子，身上的孔洞便是窗戶。孤獨隨著我們的移動而飄盪，與另一地的同類聚集，它將跨越多個城市，遇見各樣的自己，於是我們可以從別人的眼瞳中，再度發現自己的孤獨，比之前更加親密。見〈開車到里斯本〉：

> 難免有旅館裡住著暴露狂
> 如果難免也有隱匿狂的話
> 整個旅館的外觀提供的幻覺
> 必須視毒品的種類或酒精的
> 強度決定而由此界定的
> 現實又讓人產生極端誠懇
> 或極端不誠懇之感亦或是
> 過於嫻熟或不夠嫻熟之類的
> 不好意思於是我說服了她
> 接受孤獨知道這事是甚至
> 乃值得喜愛但不久我就發現她愛的
>
> 孤獨乃是我的孤獨而不是
> 她自己的孤獨她那麼愛我的孤獨
> 急欲加入所以我們就一起開車
> 到里斯本看一個我們都
> 喜歡的朋友那人也有他的孤獨
> 但是他管它叫
> 我的母鹿。[35]

---

[35] 夏宇，〈開車到里斯本〉，《Salsa》（夏宇出版，台北：唐山發行，2009.02），頁105-106。

「我的母鹿」在法文裡用以呼喚心愛的人，可見「我們都喜歡的朋友」視他的孤獨為愛人，而「她」則不愛自己的孤獨，只愛「我」的。「她」與自己的孤獨如此疏離，無法接受甚至喜愛，只想用「我」的孤獨填滿這份空缺，與「我」共享，而不去克服自己孤獨，置於其中。此外，「我」的孤獨無力使「她」靠近自己的孤獨，可見「我」與孤獨的關係亦不完整，於是只好一起到另一座城市——里斯本，向「他」學習與孤獨親密的方式。

如此便可以發現，與過往記憶產生聯繫，並不是尋回原初孤獨的唯一方式，也能夠藉由空間的移動，在「另一個城市」中更加靠近孤獨。巴舍拉表示：「事實上，在一開始的剎那，日夢就是一個業已構作完全的情境，我們不知其始，但是它總以同樣的方式開始。意即，它逃離左近的物件，並立刻遠逝於他方，處於他方（ailleurs）空間中。」[36]夏宇進行了一段又一段的旅行，乘坐汽車、公車、火車、船，在城市之間移動。經常有這樣的詩句：「到一個陌生的城市帶一個甕」[37]、「以及在黎明以前趕到冰島」[38]、「第二天即將遠走旅行到克里克島」[39]、「我藉故打破玻璃逃往最遠的城市」[40]、「又被一陣更強的風吹到更陌生的城市」[41]……，遠走的理由各異，有時甚至沒有理由。夏宇不斷「遠逝於他

---

[36] Gaston Bachelard著，龔卓軍、王靜慧譯，《空間詩學》（台北：張老師文化，2007.04），頁279。

[37] 夏宇，〈記憶〉，《腹語術》（現代詩季刊社出版，台北：唐山發行，2003.03），頁29。

[38] 夏宇，〈歌劇憂愁夫人詠嘆調〉，《腹語術》（現代詩季刊社出版，台北：唐山發行，2003.03），頁71。

[39] 夏宇，〈歌劇憂愁夫人詠嘆調〉，《腹語術》（現代詩季刊社出版，台北：唐山發行，2003.03），頁71。

[40] 夏宇，〈逆風混聲合唱給匚〉，《腹語術》（現代詩季刊社出版，台北：唐山發行，2003.03），頁74。

[41] 夏宇，〈無感覺樂隊（附加馬戲）及其暈眩〉，《Salsa》（夏宇出版，台北：唐山發行，2009.02），頁11。

方」，或許可以追究，在那些他方裡有沒有一些共通點？或者說詩人不斷想要「擺脫」什麼？

〈開車到里斯本〉中的離開，是為了讓孤獨更貼合自己；〈記憶〉中的離開，是為了忘記某人；〈無感覺樂隊（附加馬戲）及其暈眩〉的離開則是因為「音樂是一切」。如此看來，並非那些遠方的城市裡提供了什麼，也並非是原有的地方缺乏什麼，而是詩人必須藉由移動，擺脫某種困頓。抵達的那個「他方」乃是一個日夢的情境，並非一個「點」，而是一個「範疇」，從出發地到遠方的城市之間，展開前往「他方」的空間，在水平的移動中，一步步沉入，靠近他方，讓自己更加容易進入日夢。那麼接著我們要問，不斷遠走他方、不斷旅行的夏宇，如何在這些移動之中，保有每一個當下，逐漸凝聚出屬於她的天地？

（二）車廂：移動中的各種「面」

在〈開車到里斯本〉一詩中，車子將兩人的孤獨從一地載往另一地，在這過程中，移動的不是他們自身，而是車子和車窗外倒退的風景。置身於移動的環境裡，反而更可以察覺到自己靜止的狀態，外面移動的物質彷彿在體內流轉。前一節提及乘坐地下鐵時，我們會迸發出「穿越地底」的能量，而置身於陸地上、水上移動的車廂裡，比起自身的流動，更加感覺到車廂外與車廂內的流動。此刻「空間只不過是一個『可怕的既在它裡面又在它外面』」[42]，如〈舞和音樂〉：「大家都贊成開車去／實在是一輛爛車。音響還不錯／音樂也還可以。但為什麼／我們忽然到了斯德哥爾摩／我們強烈地感覺被解決／被空間代換、打發和耽誤」[43]我們被

---

[42] Gaston Bachelard著，龔卓軍、王靜慧譯，《空間詩學》（台北：張老師文化，2007.04），頁320。

[43] 夏宇，〈舞和音樂〉，《Salsa》（夏宇出版，台北：唐山發行，2009.02），頁47。

車廂侵入，車子在體內震動，車裡的音樂也在裡面迴盪，每個乘客各自裝載著一輛屬於自己的車，看到車窗外移動的風景時，我們將其視為一座只為自己而旋轉的城市：

我們總是去看電影

在一種關係決定

之前或之後

坐公車，左邊第三排的位子

強大的灰塵在午後的光束中充滿

飛舞旋轉

時速40公里

整個城市平均的速度

微微的顛簸中

時代轟轟的過去

留下黝黑的洞口

但我們決定坐公車

路過我們最喜歡的鐘錶店

有100個鐘在櫥窗裡

指向100個不同的刻度

分別上緊的發條

固守著各自的時差

這樣混亂

這樣自信獨斷

如同我們——

我們

不能彼此同意的時候

總是去看電影

路過最喜歡的鐘錶店

幻想一個焚燬所有鐘錶的冬日

為它設定節慶
跳一種沒有拍子的舞
把酒瓶拋向天空
到達一個
回不來的高度
於是我們訝然不能相信
一切輕易的完成
在下場電影開始之前[44]

　　上車之後，我們便直接降落在一座旋轉的城市裡，前
往電影院。「我們」擁有「某種關聯」，共同喜歡鐘錶店，
卻又待在各自的時間裡，在經歷到兩人之間的差異時，共同
前往電影院，親密卻又不完全融合在一起。「我們」「幻
想一個焚毀所有鐘錶的冬日」，希望差異不再存在。如若
個人的時間都喪失了，將只剩下鐘錶店，剩下一個空間。
「我們」會共同待在裡面，把某些阻礙想像的「什麼」拋到
一個回不來的高度，然後「一切輕易的完成」，一段關係變
得圓整。

　　灰塵、城市、時代以及鐘錶店裡的那一百個鐘都在移
動，「我們」總是「坐」在公車裡，看著窗外的移動。我
們在私密空間裡，透過窗戶感覺外面的流動。當窗外的某部
分停止流動——如所有鐘錶被焚毀的那個冬日，我們走到窗
戶外，替代了它的流動，比如跳一種沒有拍子的舞。奇特的
是，搭乘交通工具前往某地，實際的移動方向必定是向前
的，我們不斷從「後面」來到「前面」，目光卻聚焦在「窗
外」，從「裡面」看向「外面」，甚至最後並非抵達「前
面」的電影院，而是「外面」的鐘錶店。我們的身體不斷往

44　夏宇，〈墓誌銘〉，《備忘錄》（夏宇自印，1984.09），頁136-138。

前朝向另一地旅行，但是日夢則帶領我們在「一地與另一地之間」，達成裡面與外面的滲透。

　　旅行就是一連串的「路過」，夏宇卻經常「忽然抵達」某個遠方的城市，沿路的狀態省略不提，每一次起點與終點之間的距離都收縮成一個點。描寫到交通工具時，為的不是銜接「兩個點」，而是將那「一個點」拓展開來，於是起點、終點、乘坐的狀態並未連成一線，而是同一個事物的不同面向，一個由不同「面」所組成的立體空間，如〈舞和音樂〉裡面提及：

> 往逆時針方向移動買好了票最後一個人就發現
> 他已經到了時間的最前面
> 再更前面。那麼他怎麼樣
> 按時進場呢？他肯定自己
> 是在一個週末之間但是是在
> 「我相信一切事物的意義都
> 在它們看不見的那一面」這句話的外面
>
> 如此這樣我們到了尼泊爾
> 尼泊爾肯定是一個側面[45]

　　時間線是「圓形的」，有著旋轉式的移動，「前面」與「後面」相連，以致於我們總是不斷往時間的「最前面」邁進。前一小節述及日夢在不斷地「重新開始」之中展開，一次比一次接近，這裡我們再透過「裡面」與「外面」的關係，看到那展開的「多面體」。面對夏宇這般不斷否定再否定、**翻轉再翻轉**的時間狀態，蔡林縉以德勒茲的內在性影

---

[45] 夏宇，〈舞和音樂〉，《Salsa》（夏宇出版，台北：唐山發行，2009.02），頁49-50。

像拓樸學雙面──「運動─影像」、「時間─影像」──來解釋，物質與時間的成像位在相反的面，透過「思考」來翻轉這個平面，可以令此二者不再對立，合而為一。接著，他表示夏宇不斷翻轉，乃至來到「思想的域外」，為了把「域外」也納進來思考，必須尋出那翻轉之中最不可能相遇的兩個點，在那之間開啟一道「夢想的斜坡」：

> 但德勒茲告訴我們，兩特異點間的距離不是物理學式的距離，容許我再次引述李格弟〈雨中的操場〉：「兩點直線之間　還有／另一道憑空往上爬起　無限延展的弧線／根本沒有落點」。還好，夏宇在〈簡單未來式〉裡說：「夢是兩點之間最短的距離」，這裡所說的「夢」無疑就是巴什拉所說的「夢想」，在兩點之間開啟一「傾斜」且不停（再）翻轉的「夢想的斜坡」、「思想的平面」。[46]

　　蔡林縉道出了在不停翻轉中顯現的「夢想」，以橋樑的姿態降臨兩點之間。然而，與其把「夢想」視為「傾斜且不停再翻轉的」，不如說它從來不只是一個可以翻轉的「面」，而是滾動的多面體，每個「面」都再反射出好多個面，裡面儼然被眾多個「面」充滿，未知與神祕無限往外延伸。〈每天都想被充滿是怎樣〉表露出夏宇對於「充滿」的慾望：

> 這時代大家都必須接受專訪
> 自己說明自己
> 是怎麼樣變成現在這個樣子的
> 而且還要變本加厲下去

---

[46] 蔡林縉，〈夢想傾斜：「運動─詩」的可能──以零雨、夏宇、劉亮延詩作為例〉（國立成功大學現文所碩士論文，2010.06），頁121。

事先不被透露問題

為了不惜一切代價接近真實

濕透的衣服緊貼在濕透的身上

再貼上濕透的一張臉

使人無法記住

無法描述

無法證明

那是濃縮過還是稀釋過

億萬臉孔中的一張

裏面有一個表情

總是讓出現這件事情

就是顯得不夠流暢

配上幾句電影裏的對白

就夠一輩子支支吾吾了：

「我不想尋找自我

　我只想做個謎樣的人

　有時候承擔狂野的痛楚」

提議交換日記

和濕透的衣服

和濕透的身體

和濕透的臉

拖延離去的時間

約下次見面

在離下次之前

仍然有很大的漏洞

足夠不厭其煩地醒來[47]

---

[47] 夏宇，〈每天都想被充滿是怎樣〉，《詩六十首》（夏宇出版，香港：歐氏兄弟發行，2012.05），頁10-11。

大家的臉無法被人記住，需要不斷向他人說明自己，我們「理解」他人而不「感覺」他人，無法忍受一個不能被理解卻渾身充滿著活力的人，那樣的活力源自於生活，不是「尋找自我」而是「承擔狂野」的生活。前者挖掘自己，日日都千瘡百孔，後者是相信自己有承擔狂野的空間，而這個空間永遠有充實的可能，每天早晨醒來都會灌入新的想像力，如此謎樣。

　　被充滿了的多面體在「這次」與「下次」、「這裡」與「那裡」之間出現，無論是時間抑或是地域的距離，這個充滿「神祕經驗」的多面體會套入各式各樣的空間，等待我們親自去探索。為了移動到他處而乘坐的「某個空間」，是這個多面體在「兩點之間」的形象，它不斷往另一點滾去。多面體外面與地板摩擦的「面」不斷替換，裡面則維持同樣的狀態，無論如何旋轉，裡面的「面」都朝向中央，匯集成一點。因此，當我們在車廂裡時，每位乘客的身體都隨著車廂一起震動，他們分別都是一個「面」，而他們的想像則匯聚在一起，如〈將冰冷／喧鬧／痛楚分開的〉：

　　　　玻璃上蒙著霧氣。傾向於殊途的
　　　　車廂裡的人一遍遍地想像著他們

　　　　在眾人前長久地擁吻著的他們
　　　　她要的更多或是他或是
　　　　有一天他們誰先不想要但此刻
　　　　幸好他們相愛。眾人想：
　　　　幸好乖乖地他們有了彼此
　　　　那因此空出來的
　　　　匿名的出發地
　　　　眾人用食指確切地指點過的

使得

每一張地鐵圖上啟示該站站名的黑點

總被這樣磨損——是，我在這裡

我們在這裡，你在這裡——點

終於消失不見。我們因此更輕易

知道我們在那裡——整張地圖

唯一消失的點上

眾人上車

否則，眾人想：

他們——還在吻著的那對——他們

怎麼樣向這樣的陰天索取

這些和解又怎麼樣向

這樣疾速駛過的車廂索取

不確定的顏色與韻律

怎麼樣向所有人宣佈

因為他們相愛

而要求所有剩餘的鎳幣

也有了理由

因此

向高空走索人借走他的軟鞋和緊身衣

除了那條繩索

因為愛人們較傾向於弧線

或是拋物線

為了那種拋擲的降落以及

突然的到達

因為離開已經無效但是到達仍然神祕。[48]

---

[48] 夏宇，〈將冰冷／喧鬧／痛楚分開〉，《Salsa》（夏宇出版，台北：唐山發行，2009.02），頁72-74。

那對愛人被留在月台上，好讓上車的眾人共同想像他們，「想像」在車廂裡發酵，想像的形象則在外面。我們在內部匯集想像的能量，讓那股能量所擁有的形象在外部自由伸展，並且抵達某個「神祕」之境。我們總是這樣往另一個點走去，無論走向何方，都會在移動的過程中，一遍又一遍地想像著「別的東西」。而車廂正好提供了一個在移動時得以凝聚自身的空間，車窗外的物質原本只屬於它自己，因車內乘客的想像連結在一起。於是乘客成為夢想主體，「擁吻著的他們」則成為主體所夢想的形象，以「弧線或是拋物線」之姿滑下夢想的斜坡。

三、日子就將自行填滿：
　　夢想降落在生活裡

（一）晚餐過後：重新進入的生活感

　　我們在日常的空間裡不斷找尋，不斷接近，不斷被充滿，因而抵達的那個「神祕」夢想境地，其實並不在生活之外，相反地，它存在於生活的核心。我們必須先離開現實經驗，以發現想像經驗，然而這樣的離開只是暫時的，更精確地說，是一場終會結束的旅行。如同我們把異地的孤獨帶回來，讓自身的孤獨更加完整，離開現實的想像經驗，亦完整了現實經驗。換句話說，夢想讓我們從生活裡看到世界，再將世界帶到生活中，巴舍拉言道：「詩人夢想中的形象挖掘著生活，擴大了生活的深度。」[49]夏宇在〈逆毛撫摸〉中，

---

[49] Gaston Bachelard著，劉自強譯，《夢想的詩學》（北京：生活・讀書・新知三聯書店，1996.06），頁195。

把製作詩集《摩擦‧無以名狀》的功勞歸為生活瑣事──那隻貓，那隻狗，家裡的窗子和窗外的樹，超級市場買來的相本，彷彿詩是牠們或它們寫的：

> 我不能不提到我虎斑紋的貓咪弟弟。牠最喜歡打盹的地方隨著天氣變涼變得離我愈來愈近，最後就乾脆橫躺在我正忙著而亂成一堆的工作檯上。牠趴在那堆字上用一種儘可能把自己拉長的姿勢盤踞著打呼嚕。我再怎麼是一個詩人也絕不至於因為詩而犧牲貓的。在不影響牠的睡姿的情況下把那些字輕輕抽出來抽不出的也就算了。大半天過去牠睜開眼睛弓著背站了起來，有些字從牠的腹部掉出來：「從此不再出現」、「光滑發亮」、「壓縮了」，好極了，神準，大力摸摸牠，逆著毛的，牠最不喜歡的那種。

> 也不能不提到我的狗牠到了法國以後改名叫做混，牠打呵欠打噴嚏抓癢驚天動地地抖身子在我靈感洶湧的時候用那種我永遠無法拒絕的狗眼看著我要求散步。我當然也不會因為詩而犧牲狗的散步的，但散步回來對一些句子的顏色組合又有新的看法了。有好幾首詩還真的是牠們完成的呢。

> 我要不要提到朝西的那扇窗子呢？窗外七棵橡樹。每一次開窗就是一陣紙片飛舞。

> 我要不要再提一次這本超級市場買來的相本其實是黏度不夠的很差的一種相本，每一首都貼得有點耳歪眼斜，再加上更差的我對直線的目測能力，如果你看到我的原稿，你會覺得這是一場十分破爛的時裝表演，

但是將計就計——那些字的移動、修改、遺落和貼補
都找不到痕跡的，天衣無縫，雖然破爛。[50]

　　是生活完成了那些詩，而不是詩人自己，夏宇不把「靈
感」當成是自己從生活中汲取的，而是視為生活所給予的。
甚至是那些干擾寫詩的事情，諸如：貓壓住句子，狗在她靈
感洶湧時要求散步，開窗時紙片會飛起來，相本的黏度不夠
等等，不僅沒有妨礙詩作的產生，反而擴大詩作的可能。貧
乏無味甚至令人生厭的生活瑣事，在夏宇的夢想中鮮活了起
來。相較於生活與愛情，「詩顯得太奢侈了／而且／有點無
聊」[51]。她藉由〈詩人節〉揭露出生活的無可取代，說著：
「詩人節／唯一不想做的事／就是寫詩」[52]，反而做些日常
瑣碎之事——剪頭髮、收衣服、寫信、睡午覺、沏茶、洗
澡，想著要不要結婚和生小孩。詩太過高級而且無聊，不如
生活那樣，低級、令人厭煩但是美好燦爛。
　　由此可見，詩只是由生活凝聚而成的夢幻，詩人的生
活與常人無異。當那些日常事物轉化為夢想中的形象，透
過詩展現出來，日常就不僅僅是不值一提之事，可以重複體
驗，不斷挖掘出新的意義。〈排隊付帳〉和〈帶一籃水果去
看她〉這兩首詩通篇都用「／」來區隔每一個句子，如此緊
湊、瑣碎、易於忽略、消磨著耐性，忠實呈現生活的樣貌。
裡面提到與愛人共同生活。〈排隊付帳〉的結局是「他付完
帳完全不見了」[53]，而〈帶一籃水果去看她〉則是「然後他

---

[50] 夏宇，〈逆毛撫摸〉，《摩擦‧無以名狀》（夏宇出版，台北：唐山發行，2005.05），無頁碼。

[51] 夏宇，〈詩人節〉，《備忘錄》（夏宇自印，1984.09），頁72。

[52] 夏宇，〈詩人節〉，《備忘錄》（夏宇自印，1984.09），頁69。

[53] 夏宇，〈排隊付帳〉，《Salsa》（夏宇出版，台北：唐山發行，2009.02），頁122-123。

走了／我再也沒有看見他過從此以後」[54]，共同生活的人終將消失，但是那一整塊串連在一起的句子卻不會。那「不見」，那「走了」，都牢牢釘在生活的形象裡，稀釋成一個小圓點，對生活夢想的時候，那些理應悲傷的人事物顯得不那麼悲傷。

或許可以再看到〈我們苦難的馬戲班〉，那悲傷苦難如此被描寫：

終究是不喜歡什麼故事的
可頭髮　卻已經慢慢留長了
當沒有人知道如何旋轉譬如你
背著海。骰子停止的時候
第幾次永恆又回到偶然　你留下來
你留下來好不好

用芹菜拌胡蘿蔔和鮪魚
又是魚我最愛的魚。
有人喊我的名字像夏天
冰塊沿著杯緣撞擊
你的眼睛重新閃爍如年少時
書上劃線的警句

終究是要死於虛無的
可是琴　也要這樣慢慢彈著的
你背著海來看我的下午
帶你到我溫暖柔軟的洞穴
豢養你在我唯一的洞穴

---

[54] 夏宇，〈帶一籃水果去看她〉，《Salsa》（夏宇出版，台北：唐山發行，2009.02），頁127。

原來原來是這樣愛過的
卻也否認如塗改過的詩句
為你彈一些剛寫好的歌
順風時帶到遠地：
「曾經嚮往的一種自由像海岸線
可以隨時曲折改變；
曾經愛過的一個人
像燃燒最強也最快的火焰。」

譬如花也要不停地傳遞下去
繞過語意的深淵，回去簡單
來到現在──永無休止的現在

當一切都在衰竭
我只有奮不顧身
在我們苦難的馬戲班
為你跳一場歇斯底里的芭蕾[55]

　　愛過的人已經遠走，同〈某些雙人舞〉，安尼瑪彈著
琴、唱著歌，跟隨著安尼姆斯到遠方。於是那段記憶──如
花般美好，溫柔，像夏天──不斷傳遞下去，不會消失，繞
向過去，又來到現在。藉由記憶的繞行，生活中的每一個當
下串連在一起，成為「永無休止的現在」。於是時間變成永
恆的時間，宇宙的時間，一股巨大的力量形成，把衰竭的一
切聚集起來，凝成一場歇斯底里的芭蕾，那具有破壞力和重
生性質的火焰之舞。

---

[55] 夏宇，〈我們苦難的馬戲班〉，《腹語術》（現代詩季刊社出版，台北：唐
　　山發行，2003.03）頁57-59。

生活將浴火重生，在〈記一座充氣電影院〉裡，生活感和電影感都一一被消滅：「如何消滅生活裡的生活感／如何消滅電影裡的電影感」[56]。其中對於那消滅的生活感，夏宇先是用一大段描述「所消滅的生活感」，再來才是「生活感」，也就是說生活誕生於生活的毀滅之中。那「所消滅的生活感」，不斷做愛、吃掉愛人，接著使他重生，如此循環往復、「以退為進」，亦可稱之為「重新進入的生活感」。

　　接著，〈現在進行式〉描繪出準備吃晚餐的當下狀態，在蒼蠅、螞蟻、煙灰、過期的訃聞之間，開始「想像」一頓美好的晚餐：

　　　　茶淡了
　　　　用一種安靜的速度
　　　　黑夜降臨的速度
　　　　襪子剛剛穿好
　　　　蒼蠅飛進來
　　　　螞蟻在牆邊疾走

　　　　點根煙
　　　　找了奶粉罐子磕煙灰
　　　　奶粉罐子
　　　　在鬧鐘和一張
　　　　過期的訃文前面
　　　　時針指在十七和廿五之間——
　　　　可能錯了，只不過
　　　　是一頓晚飯罷了，應該是寫實的
　　　　而且愉快

---

[56] 夏宇，〈記一座充氣電影院〉，《詩六十首》（夏宇出版，香港：歐氏兄弟發行，2012.05），頁110。

「你為什麼要穿
這樣一雙
藍色的襪子呢？」
只不過是一頓晚飯罷了
天完整的暗下來以後
最好有一個燈泡
和一顆番茄
番茄最好在蛋裏
有一些蝦米
在白菜裏
茄子這樣偎著肉
最好
用一支黑管伴奏

還有麵包
一條切開的麩皮麵包
裝載黃瓜和洋蔥
火腿以及乳酪
彷彿一艘貨船，飽滿的
在陽光的海岸停泊

於是我們就服從了一個簡單的道理
以為情節就是這樣行進發生的
當椅子拉開的時候
啤酒不斷的
湧出泡沫
所謂時間

命運。其實是紫色的襪子
，因為燈光的關係。他走過來
一邊穿上衣服，扣了鈕扣，我
把桌子擦乾淨，餐巾鋪好
筷子擺好，果然我們快樂的
吃起來了，就是
這樣行進發生的
這樣子開始，從扣好扣子開始[57]

「天完整的暗下來以後／最好有一個燈泡／……（中略）……／在陽光的海岸停泊」這一整段以「最好」揭示出其夢想中美好的晚餐。一個燈泡讓夜晚的餐桌成為世界的中心，那些食物在燈光的照射下聚集在一起。一支黑管伴奏，將各不相關的食材串連起來，紛紛航向陽光的海岸，在那裡停泊。這是一頓由燈光主掌的晚餐，映照出那飽滿的、廣闊的、閃耀的海岸，靜止的此刻，是永遠的「現在進行式」。

〈南瓜載我來的〉也把晚餐視為混亂的生活中那平靜美好的一刻：

而其實我們極容易
容易原諒
原諒身邊的這一切
因為天晴了
因為日落
因為，晚餐
晚餐裡
調味得當的情愛

[57] 夏宇，〈現在進行式〉，《備忘錄》（夏宇自印，1984.09），頁90-93。

有一些雲影
一些光
一些椅子
幾句想說
而終於不必說的話
一張床
一種儀式　原始的
儀式[58]

　　〈現在進行式〉與〈南瓜載我來的〉當中的晚餐時間似
乎都聯繫著性愛，〈現在進行式〉的男人一邊穿上衣服、扣
了鈕扣走過來吃飯；〈南瓜載我來的〉的男女在床上進行一
種原始的儀式。一對男女在晚餐的前後結合，陰性與陽性的
和諧召喚出夢想，在燈光所匯聚而成的中心休息，緩緩地吃
著飯。席間流動的情感屬於整個天地，那陽光的海岸，那原
始的境地。傍晚剛過，整個白天的生活在製作晚飯時，重新
拼裝成美味的料理，端上餐桌，就藉著黑夜裡僅存的光，映
出生活的美好。

　　當晚餐結束，逐漸進入傾頹、混濁的狀態。為了迎接夜
晚的夢，為了在那永恆的遺忘裡保有清醒的意識，寫詩，然
後自己主動消失。為了阻止夜夢帶來的威脅，我們先在清醒
的時候離開，主動遺失自己，以免無端被丟棄，見〈逆風混
聲合唱給ㄈ〉：

　　慢慢遺失了他們
　　很快寫好了詩
　　押著蚱蜢般的韻

58　夏宇，〈南瓜載我來的〉，《備忘錄》（夏宇自印，1984.09），頁57-58。

在夏日的草叢裏
跳躍消失

然後我就一無所有
剩下一隻鐲子
眉心一顆硃砂痣

剩下一塊明礬放進混濁的夜裏
許久　我聽見有人清晰地說
我愛你[59]

　　詩被「我」所寫下，卻又離開了「我」，讓「我」處在
一無所有的狀態。因詩的離去而開啟的「一無所有」，已包
含了「遺失的詩」的形象，附著在那些「剩下」的物體上，
淨化那沒有主體的、混濁的夜夢：「剩下一塊明礬放進混濁
的夜裏」。遺失所引致的純化開始了，在夜晚的夢中，我們
仍然聽得到夢想在耳邊喃喃細語：「我愛你。」因此，夜裡
的我們更應該主動離開，讓遺失的存在更加清晰，保全了自
我。遺失主體彈奏的琴音幽幽傳來，宇宙的海灘拓展到每一
個角落：

已經離開了
手還留在身上
一台自動鋼琴
無人在彈

[59] 夏宇，〈逆風混聲合唱給匚〉，《腹語術》（現代詩季刊社出版，台北：唐
山發行，2003.03），頁75。

在一個長久凝視啟動的
星雲湧動的宇宙海灘

那些擁抱是
如何完成的
那樣光滑的身體像
兩隻海豚的擁抱像兩座冰山
一起滑入火海裡

那些談話是如何開始的
如此顯得那些根本
不知所以的城市是那麼正確地
完美地對蹠
過那些路過

談話是為了忽然感到最好還是擁抱
擁抱是為了可以一起下樓散步
隨便經過一個電影院就買票
進去看電影為了知道擁抱比電影強大

為了一再肯定過的
同時並存的許多時間中的
一個就顯得比其他時間
更為清楚[60]

---

[60] 夏宇，〈無人鋼琴〉，《Salsa》（夏宇出版，台北：唐山發行，2009.02），
頁83-84。

此為〈無人鋼琴〉，當我們確實知道自己的離開，便聽得見那琴音，來自無人之處，同時撥動著我們與世界。無限滲入的音樂使目光變得柔軟而廣闊，「星雲湧動的宇宙海灘」顯現。在宇宙的海灘上，擁抱的完成、談話的開始都不是太重要，總是忽然談話了、擁抱了、散步了、買票了，下一刻又會忽然如何如何。這中間的聯繫只有「為了」，最後「為了」聯繫到「同時並存的許多時間中的一個」，那獨一無二、特別清楚的時間，是在宇宙海灘上所度過的時間嗎？而在〈就這樣認識了晚上〉裡，房間變成了沙灘：

　　　　一個謎題
　　　　猜一樣東西：
　　　　方形的
　　　　綠色的
　　　　小小的
　　　　不必想太遠

　　　　謎底就是它自己
　　　　方形的
　　　　綠色的
　　　　小小的
　　　　謎底就是這個東西
　　　　它自己

　　　　我把左手套進一隻小孩的手套
　　　　用小孩的手摸他的臉
　　　　他有點喜歡這個改變
　　　　手套色彩斑斕
　　　　我也很懶散

不對稱不連續談話
迅速把房間變成沙灘
我們大家全放棄了
我們在那沙灘上
我們就這樣認識了晚上[61]

　　謎題與謎底相同，就如同我們就只是我們自己，與其分
析結構，不如接受沒有結構可言的本質。因此，串起事物的
並非因果，並非有清晰可辨的關連性。夢想帶領詩人穿透各
種事物，穿透的順序並非依據意義，而是處於意義之外的字
型、音調、節奏、形狀、性質，在某些時刻相互親近，又在
某些時刻遠離，不因意義而存在，只因是它們本身而存在。
想像的力量透過小孩的手套，聯繫了「我」和「他」，穿越
現實中不連續的談話，破碎的意義，來到夢想中的沙灘。
在同樣的空間裡，邊界無限擴張，在海灘上所度過的晚上，
「我們」放棄了一切，專注地「認識了晚上」，認真對待這
個獨特的時刻，令房間裡那夜晚的夢無法破壞之。
　　在同樣的空間裡分離、抵抗、融合，房間變成沙灘，夏
宇在製作詩集時也不斷讓想像飛躍，拓寬一個有限的空間。
《腹語術》變成《摩擦‧無以名狀》，更加流動、游離、不
知所云；《那隻斑馬》把《這隻斑馬》一刀劈成兩半，著上
繽紛的色彩，「斑馬」彷彿忽然唱起了歌，或許還走音了；
《粉紅色噪音》清除書頁之間的隔閡，全部的詩句匯聚在一
起，縱橫交錯的線條構成夢幻的景色；《詩六十首》各首詩
作之間挪用彼此的詩句，從一首詩裡看到另一首詩的影子，
只因一些長得一模一樣的句子而產生連結；《第一人稱》裡
的詩句與照片在展覽空間播放出來，電影院就這樣從書裡搬

[61] 夏宇，〈就這樣認識了晚上〉，《詩六十首》（夏宇出版，香港：歐氏兄弟
　　發行，2012.05），頁36-37。

到立體空間中。夏宇和她的世界一起膨脹，讓詩與畫作、音樂、翻譯機、影像互相涉入，藉著彼此膨脹了起來，如〈天黑的足球場〉：

是嗎宇宙正在膨脹
遙遠的星系正快速離我們遠去
可我自己早已經在膨脹了
膨脹到一個程度就瞭解到
不如大家一起膨脹

不如我們跟宇宙一起加速膨脹
不如我們一起來到膨脹中的
這天黑的足球場

也有彈簧

也有幾何

也有海鷗[62]

　　膨脹的宇宙和我們「一起來到膨脹中的這天黑的足球場」，此刻足球和守門柱不再重要，我們看到彈簧、幾何、海鷗以及他們之間的空行，足球員一一離去，留有熱情的餘溫。當那躁動的心逐漸平靜，我們和宇宙在這裡休憩，享受處於寧靜之中的生活，與一些空白、一些沒有理由但確實存在的物件一起。

---

[62] 夏宇，〈天黑的足球場〉，《詩六十首》（夏宇出版，香港：歐氏兄弟發行，2012.05），頁45。

（二）貓與狗：生活的形象

　　夢想的安尼姆斯與安尼瑪從詩中的男性與女性形象開始進入，經歷「空間／時間」、「目光／夢想」、「空間／日夢」，最後來到「生活／夢想」，最後的最後則是成為完全的生活的形象──「狗／貓」。夏宇的夢想降落到自己所養的貓狗身上，展現出不一樣的顏色，卻又取得生活的平衡。

　　夏宇把〈逆毛撫摸〉當作《摩擦‧無以名狀》的前言標題，裡面有一段提及她「真的」逆著貓的毛摸過，因為一個適當的句子恰巧在貓一翻身的時候掉了下來。此外，她也為刊在詩刊上的十四首歌詞寫了篇前言，叫做〈痛快很痛快樂很快貓最重要〉，說了詞不重要，貓最重要。關於狗，夏宇表示來到法國之後將牠改名為混，也作了首詩，註明「給一隻叫混（1982-1997）的狗」。還曾經買了張新沙發，讓她的狗在上面亂咬，將這整段亂咬的過程拍成一系列照片，做成一本小冊子，夾在《劃掉劃掉劃掉》詩刊當中。

　　貓與狗就這樣串連了生活與詩意的夢想，牠們那原始的、未被操作的行動，無意間與夏宇的詩行動產生連結，夏宇也說：「有好幾首詩還真的是牠們完成的呢。」[63]貓狗代表著生活的形象，與夏宇一起經歷想像的體驗，這裡再深入那生活的形象，以貓狗分別與詩人產生的詩意經驗的差異切入。先看看貓對夏宇的意義：

　　　　貓最重要。那第二重要的是什麼呢？是音樂。[64]

---

[63]　夏宇，〈逆毛撫摸〉，《摩擦‧無以名狀》（夏宇出版，台北：唐山發行，2005.05），無頁碼。

[64]　夏宇，〈痛快很痛快樂很快貓最重要〉，收錄自夏宇編，《現在詩01：沼澤狀態》（台北：唐山，2001.11），頁164。

對於夏宇而言，貓凌駕於音樂之上，而音樂的重要性又大於其他。音樂是將夢想傳遞出去的重要媒介，透過美好的琴聲與歌聲，夢想的疆域不斷擴大，主體的存在不因離去或遺忘而消失，反而更加鮮明。無論是夏宇和「李格弟」之間的「合作」，還是她重視音調和節奏的書寫方式，都可以發現寫詩並非她的「本意」，有什麼比與歌詞同源的詩更能播放出「無聲的音樂」，組織出「無感覺樂隊」？那些詩以極其「現實」的姿態進入了我們的目光之中，令我們想像出一整個「希臘合唱隊」。當一切走音、雜音、不和諧音都被夏宇全然接受的時候，我們也能夠想像它們的美好，因缺陷而更加美好。貓比音樂更加重要，因為貓的神祕經驗足以啟動音樂，擴張詩意的夢想。

夏宇養狗也養貓，那貓有次趴在剪下來的詩句上：

> 我不能不提到我虎斑紋的貓咪弟弟。牠最喜歡打盹的地方隨著天氣變涼變得離我愈來愈近，最後就乾脆橫躺在我正忙著而亂成一堆的工作檯上。牠趴在那堆字上用一種儘可能把自己拉長的姿勢盤踞著打呼嚕。我再怎麼是一個詩人也絕不至於因為詩而犧牲貓的。在不影響牠的睡姿的情況下把那些字輕輕抽出來抽不出的也就算了。大半天過去牠睜開眼睛弓著背站了起來，有些字從牠的腹部掉出來：「從此不再出現」、「光滑發亮」、「壓縮了」，好極了，神準，大力摸摸牠，逆著毛的，牠最不喜歡的那種。[65]

---

[65] 夏宇，〈逆毛撫摸〉，《摩擦・無以名狀》（夏宇出版，台北：唐山發行，2005.05），無頁碼。

「那些字從牠的腹部掉出來」，像是在為夏宇挑選出合適的詩句，得見貓之神祕、自由、完全不可預知性。夏宇將《摩擦‧無以名狀》的前言題為〈逆毛撫摸〉，呼應這一段的尾聲，世界在貓的肚子裡，以極其自我的姿態，不經意回應了詩人的夢想，而她摸摸牠，「逆著毛的」，刻意違反牠的意願。詩人不妨礙貓的行動，接受牠所給予的回應，然後讓牠感覺到這次撫摸的不適與特殊。這是在同牠對話，視作平等的交流對象，雙方的自我意識在彼此的互動之間確立。因此，從「逆毛撫摸」這個標題，可見得與貓互動對於夏宇的重要性，她放任、接納、與之平等對話。

　　在第二章中有談論到「貓臉」，所有錯過的當下都匯聚於此，開啟寂寞的星球，在星球上相遇。貓臉是個體時間的匯集地，將我們帶往宇宙，成為我們與世界之間的通道。於是在〈摩擦‧無以名狀〉裡，「我」進入貓咪，與牠一起夢想，抵達更加廣闊、流動的境地：

　　　　貓咪　今天　聽到
　　　　你叫我　回到　一個
　　　　廝混的　巴洛克式
　　　　的了解　貓咪　問題
　　　　是　我的　遺忘
　　　　像　幽靈　我的
　　　　罪惡　像歌劇　我
　　　　的　失眠　遠足
　　　　曠野　問題　是
　　　　貓咪　我的　旋轉
　　　　如果　是　無謂
　　　　我的柔軟　是
　　　　那個　惋惜　我的

```
溫暖    是    這個
游離    貓咪
我的    閃爍    我的    撞擊
就是    牠
最愛    的    魚 [66]
```

　　在這裡，貓咪是帶領者，而「我」是被引領的那一方。貓咪「叫我回到一個廝混的巴洛克式的了解」，巴洛克的特色便是流動感，並且強調光線，是一種以情緒感染力為主要訴求的建築風格。因此「我」受貓咪的召喚，依從感性，用感性的方式去看待事物：「遺忘像幽靈」、「罪惡像歌劇」、「旋轉如果是無謂」、「柔軟是這個惋惜」、「溫暖是那個游離」，我們可以發現每種具體的形容詞，都被一種流動的詞彙給破除，遺忘顯得不那麼準確，罪惡顯得虛假，旋轉顯得毫無意義。

　　以此為線索來理解「我的閃爍我的撞擊就是牠最愛的魚」這一句，這裡的閃爍和撞擊，就是對已僵化的詞語意涵的一種衝撞，開拓出更廣闊的空間。如此一來，無論本來的意義是好是壞，或尖銳或柔軟，都調和為中性的樣子，當它們成為中性的黏土，反而可以被各種形象裝載，比如貓咪最愛的魚。貓咪以此為養分，膨大了自身，不再是「貓屬於我」，而是「我屬於貓」，「我」的夢想在破除那些形容詞的時候彰顯，而貓的夢想即將吸納「我」的夢想，兩個意識的夢想將在牠的腹中合而為一。

　　再看〈給貓〉，人與貓的生活相互涉入、融合：

---

[66] 夏宇，〈摩擦‧無以名狀〉，《摩擦‧無以名狀》（夏宇出版，台北：唐山發行，2005.05），無頁碼。

春天牠毛掉得比我兇

而我討厭極了隱喻

如何能更浪費時間呢

牠看我一眼：

這是什麼問題

你這禿驢

【廣告】╱貓節╱

帶一隻流浪貓回家

好好愛牠

牠會教你一件事情：

當睡意降臨

日子就將自行填滿[67]

　　這首詩刊在《現在詩06：2008日曆》中的四月四日這一區，上半段是當日詩，下半段是當日廣告。二〇〇八年的清明節是在四月四日，是兒童節，同時也是台灣貓節，在屬於貓的日子裡，我們與貓的距離很近，邂逅然後親愛。牠的存在顯示出一個現象——即使我們入夢，暫時不再與「日子」產生聯繫，「日子」仍然會自行移動、填滿。那麼是不是那隻貓的「日子」填滿了我們入睡時的「日子」呢？

　　《詩六十首》裡又再度出現這首詩，詩題變為〈一切都關於這個〉。對於浪費時間，貓不以為然，貓的不屑透露出浪費時間是一件很自然的事，無論選擇何種方式度日，都是一種浪費，而不需刻意為之。因此，生活的一切似乎都在浪

---

[67] 夏宇，〈給貓〉，收錄自零雨編，《現在詩06：2008日曆》（台北：唐山，2007.10），見4月4日。

費，同貓一起，浪費顯得合理，看起來漫不經心的貓，把日子過得最是淋漓盡致。當「我」愛著那隻貓，也會因著這份親愛，跟著貓的生活走。

而在〈一切都關於這個〉隔壁的頁面，夏宇安排一首描寫狗的詩，題為〈你是狗我是你的母狗〉：

> 眾神無處不在
> 祈禱一無所獲
> 最屌是狗
> 狗並不想尋找自我
> 牠找吃的然後找另外一隻狗
> 牠聞聞牠搖著尾巴
> 我替牠翻譯
> 牠說的是：真好
> 我是狗你是我的母狗[68]

如果說貓將日子過得漫不經心，那麼狗則是完全沒有度日的概念，日子以物質的形態向牠呈現。牠「不會說話」，完全以肉體去經驗日子，與貓站在對極。貓斥責了「我」，而「我」替狗發聲，這個「我」處在貓狗之間，跟隨著貓，然後容納著狗。

〈蒙馬特〉一詩中寫道：「書店裡的貓。／酒館裡的狗。／玻璃蒙著霧氣。／為了擦拭。／為了看見我走過。／為了這盲啞的對視。」[69]「我」走過書店，也走過酒館，凝視著「我」的形象──那目光的所有者──既是貓，也是

---

[68] 夏宇，〈你是狗我是你的母狗〉，《詩六十首》（夏宇出版，香港：歐氏兄弟發行，2011.10），頁20。

[69] 夏宇，〈蒙馬特〉，《Salsa》（夏宇出版，台北：唐山發行，2009.02），頁85。

狗，更是與貓狗一起，來自於生活的詩人。生活的目光裡有著夢想中的詩人，如第二章所述，夢想的可伊托在「原本的我」和「夢想中的我」的對視中存在，這裡將「原本的我」與「生活中的我」連接在一起，貓與狗分別成為「生活中的我」的安尼瑪與安尼姆斯。

「生活中的我」的安尼瑪與安尼姆斯，分別被安置在書店與酒館的空間裡，酒館裝載著肉體，而書店裝載著字。肉與字，這兩者的對比經常在夏宇的詩作中出現，見〈牽羊悔亡〉後幾段：

> 這是偏遠荒邈的谷地
> 看那草略茫昧月湧星垂
> 我狂喜狂悲進退皆險
> 如何不如市集裡村人
> 以物易物自生自滅　　肉與字
> 年輕時我相信
> 各有各的煉獄，活到這把年紀
> 知道它們最終也無能彼此
> 救贖。枉我不放心一再追究
> 一再深入
>
> 深入後所失去的表面——
> 表面藏著一道拉鍊，清楚聽見
> 拉鍊滑下的聲音是那一年
> 一片豐滿的肉遍佈透明的
> 觸鬚
> 拔下一根吹一口氣
> 漫山遍野一大群羊顯現——

我的狗用牠溼冷的鼻子碰我，

喔，來人要卜，三個銅錢六次

搖落，夬卦九四爻：

臀無膚

其行次且

牽羊悔亡

聞言不信[70]

　　深入裡面看到夢想以後，會失去作為表層的肉與字。再看卦象：「牽羊悔亡」，那些羊也將會丟失，意即肉與字連同夢想最終都會遺失，即使一再深入也無法避免：「以物易物自生自滅　肉與字／年輕時我相信／各有各的煉獄，活到這把年紀／知道它們最終也無能彼此／救贖。枉我不放心一再追究／一再深入」。通過遺失的肉與字，還有第二章那互相遺忘的安尼姆斯與安尼瑪，會抵達那遺失的夢想。與其說詩人因深入而幻滅，不如說她給了遺失一個主體，在深入之中發現了遺失主體──那些將會遺失的羊。

　　夏宇在自己主編的現在詩第九期《劃掉劃掉劃掉》當中，插進了兩本小冊子，別冊二便是〈牠和牠的作品──《我所是的動物》〉。她剪下〈我所是的動物〉這篇文章，與狗咬沙發的系列照片拼貼在一起，內文全部劃掉，未留一些字句拼湊成詩，只剩照片完好無損，那麼這首詩便是全然以狗的生活所形成的「肉」。文字以被捨棄的姿態呈現，卻又辨別得出它們本來的樣貌，遺失主體占據了許多空間，而且反而引起探索的慾望。當然，深入那被捨棄的內容之後，「肉與字」就會遺失，我們又將落入無法夢想的「意義」圈套裡，然而同時也會清楚意識到逐漸消失的夢想，正是這份

---

[70] 夏宇，〈牽羊悔亡〉，《Salsa》（夏宇出版，台北：唐山發行，2009.02），頁103-104。

意識使遺忘主體「在場」，使夢想在場。

　　肉與字「正在遺失」，一如正在遺失的生活，狗只想尋找肉體，貓對一切都漫不經心，牠們在遺失的日子裡存在。狗的日子被可以觸摸、抓咬的肉體充滿，貓的日子被無所事事充滿，牠們自己就是牠們所沒有發覺的日子，而詩人從牠們身上獲得日子。回到〈牽羊悔亡〉，詩人與狗一同尋找肉體，一起去卜卦：「沿地一排64個信封都是我年輕時為卦寫的詩／那些卦象像牠的腳印」，那些詩儼然是為狗的腳印而作，牠的日子都落在散步時的腳印裡。夏宇替牠「翻譯」了那些腳印，成為了詩，那麼這些詩的起點無疑是屬於狗的經驗。詩人與狗共同作詩，共同經驗生活，經歷這段逐漸遺失的歷程，一場安尼姆斯的旅行。

　　所謂字的物質性或許可以想像為「字的肉體」，狗先給予「字」一個可見可觸碰的肉體，貓使肉體發光，由字組成的詩就像貓眼：「那些詩／我發現它們會隨著光線變化／像貓眼」[71]。於是在生活裡，同狗一起的夏宇尋得那些「字的肉體」，同貓一起的夏宇令那些肉體發著光。

　　貓懶散而狗戀物，所見皆非生活，卻完全沉浸在生活之中，別無他想。牠們給夢想中的夏宇一個降落點，「生活中的夏宇」把肉與字準備好，成為夢想的初始與回歸之地，而為了凝聚出「夢想中的夏宇」，必須先將這個地方丟失，飛到很高的地方，帶著膨脹的身軀回歸，與生活一起充實著。夏宇就這樣不斷「重新開始」，離開家到異地旅行，離開生活到宇宙裡，離開現實到夢想裡，離開自己到「夢想中的自己」裡面。

---

[71]　夏宇，〈太初有字〉，《Salsa》（夏宇出版，台北：唐山發行，2009.02），頁98。

第四章

作為軸心的「夢想身體」：
夏宇跨界行動的再詮釋

夢想的水流自詩內溢出到詩外，前面第二、三章已深入詩作內容，本章接著要探看詩人展演詩的方式。我們繞道詩之後，終於回到詩人；先離開詩人，再貼近詩人；先描繪夢想的發酵狀態，再回到夢想的基底──夢想者接觸物質的方式。這樣的安排儼然是一個想像經驗降落在個體上的歷程，從詩裡所顯現的夢想狀態，來到詩人展開夢想的瞬間，無限漫溢的詩意匯聚在詩人身上，整個世界都為她所承載。

　　創作者令不同類型的物質相互涉入的舉動，一般被視為「跨界」行動，然而「跨界」這個詞只表示跨越不同領域的創作手法，有突破疆界之意，卻未能直達此舉的核心──與突破無關甚至相反的意念。與其將夏宇視為突破之人，不如看作剝去外皮，使物質返回原初模樣之人。兩者的差異在於一個表示破壞性，一個表示完整性，以兩種截然不同的角度探看，所看到的夏宇將會完全不同。

　　再看夏宇被定調的位置──後現代的女詩人，後現代突破了現代，女性主義推翻父權，都是意味著「破壞」。然而，以後現代的眼光來審視，並不足以表彰夏宇，反而將她囿限於形式上的分析，陳列於「後現代詩人」的架子上，抑制了她的光芒。而使用女性主義的角度，也忽略了夏宇的「男性特質」，如此並不能觸及更完整的夏宇。因此，在此以全新的角度看待夏宇的跨界行動，以「安尼瑪」的目光來「閱讀」夏宇這個詩人，解開加之於其上的標籤，會發現她的思維走到比突破更遠的地方，甚至返回到破壞之前，甚至需要破壞的疆界出現之前。此外，也揭露出夏宇「安尼姆斯」的那一面，以自身為固定的軸心，支撐旋轉的安尼瑪。

　　透過詩集、詩刊的設計與展覽模式，我們可以明顯看到夏宇如何展現物質的夢想，它們流動而且互相涉入。於是夏宇的作品成為安尼姆斯，裝載並顯露出難以把握的物質的夢想。

為了更清楚看到詩人與物質之間的關係，這裡將梅洛－龐蒂在《眼與心》當中的論調與巴舍拉的夢想做結合，以「夢想的身體」這個概念切入。梅洛－龐蒂以繪畫來討論身體與事物的關係，而巴舍拉則是以文學作品來描繪我們如何與事物一起夢想，兩人的交會點在於把物質「主動化」，那些可見可感的事物，並非我們所感知到的「對象」，而是通過我們的身體，來到我們裡面的「形象」。於是，我們或許就可以給「夢想中的我」一個身體，一個「夢想的身體」，不同於「生活中的我」那本來的身體。透過夢想的身體，夢想成為可感知的形象。

　　那麼如何發現夏宇那夢想的身體？在詩人與那些被稱之為「機器詩人」、「機器藝術家」的機器——翻譯機、印刷機器、點唱機——之間，或許可以尋獲它。

　　夏宇在二○○四年辦了一個展覽，主題為：聲音與顏色——印刷廠裡的歌，點唱機裡的詩。展場的一樓是「印刷廠裡的歌」，展出《這隻斑馬》／《那隻斑馬》在印刷廠試印的紙張，那層層堆疊的色塊被夏宇視為「機器藝術家」的作品，其上的文字因重疊多次而混亂；二樓是「點唱機裡的詩」，擺放一個巨大的點唱機，裡面用夏宇的歌與詩創作錄了風格各異的十七首作品——或歌曲、或念詩、或一些聲音，只要投下零錢，便可聽到想聽的作品，伴隨著轟轟的機器聲。

　　歌染上了顏色，詩傳出了聲響，夏宇讓印刷機器與點唱機成為詩人與歌者，自己只是星探一般的存在，發現那些「機器」的夢想，於是我們可以看到夏宇夢想的瞬間：

　　　　在正式開始印書之前，這些試印的顏色效果和速度（和油墨氣味）其實已經弄得我目眩神迷，更令我吃驚的是，之後，印刷工人完全視之如敝屣一車車地丟

在這些紙張被切成碎紙壓成紙漿之前，我們一張張翻
找選擇，連連驚歎，我又發現一個機器藝術家（像我
以為的機器詩人----電腦翻譯軟體一樣）用它的機械
意志不由分說地製作出一張張我以為不可能重複的絕
美色塊畫作[1]

　　夏宇的夢想因「物質的夢想」而在場，而那些物質不必
然是自然的元素。她在人工的、被設定好的機器裡發現一些
自然形成的狀態，就像藉由一場刻意安排的實驗，令物質的
本質被看到。就像《粉紅色噪音》這個詩集名稱一樣，顏色
與聲音一起在機器詩人的創作下出現，機器之特別在於其半
人半物的性質，是位於詩人與物質「中間」的存在。

　　我們很容易只將其視為讓物質顯現的工具，只是一個被
操作的、沒有主動性的存在，而夏宇卻願意進入那些機器，
透過它們的「眼睛」、「喉嚨」、「大腦」看待世界，然後
把創作的功勞歸於機器，說自己只是盛裝其產物的人：「當
這些紙張被一種慎重的ready-made美學意識撿選，被一種黑
鐵裱裝，被掛在牆上，被觀賞---我好像偷蜂蜜的人」[2]。

　　此外，她也把那翻譯機當成與自己相愛之人，如同接
收愛意那般接收翻譯機所訴說的「句子」，那些「句子」不
再是以表達的姿態抵達，而是相當肉體、相當感官的：「我
從檔案夾裡隨手剪下一段英文貼上，齒輪轉動，不到十秒，
一群字，噢，一大群一大群的字自光的深處同時浮現，像不

---

[1]　夏宇，〈聲音與顏色展覽言〉（好樣｜VVG' s Blog, 2014.03.21）。網址：
　　http://vvgvvg.blogspot.tw/2014/03/x-vvg-thinking-2014-0321-fri-2014-0417.html，
　　2016.12.28查閱。
[2]　夏宇，〈聲音與顏色展覽言〉（好樣｜VVG' s Blog, 2014.03.21）。網址：
　　http://vvgvvg.blogspot.tw/2014/03/x-vvg-thinking-2014-0321-fri-2014-0417.html，
　　2016.12.28查閱。

明飛行物體迫降，冷靜，彬彬有禮。」[3]夏宇「聽到」齒輪轉動的聲音，「看到」字冷靜地迫降，這樣的感官經想像而來。並非是夏宇對機器進行的想像，而是詩人接收到機器本身固有的現象，想想那機器運轉聲，那些字突然現身在螢幕上。詩人進入機器，與「另一個身體」在一起，機器的感官與詩人的感官合而為一，成為超越詩人與機器本身的存在。此刻感官的所有者不再是他們，而是夢想的身體。

這個夢想的身體進行想像，一如梅洛－龐蒂所述及視覺本身的想像力：「要使一點點墨漬足以讓人們看出那是森林和風暴，視看就必須有它的想像力，它的超驗性不再被授予一個閱讀者的精神，用以去辨認某種光線──物質在神經上面的衝擊。」[4]當然，巴舍拉的想像要去到更遠，絕不僅是「某種感官的想像」，而是更著眼於物質本身的想像，不過他們都同樣立基於世界的主動性。因此，在二人不甚相同的視點中間，在肉體──物質之間，夢想的身體現身。

於是我們看到夢想打開了感官，在夏宇和世界的合作下，圖像（線條、顏色、形狀）與聲音（雜音、樂音、歌曲）紛紛對著詩文字夢想，想要變成詩的模樣。也就是說，當詩人不再認為那些詩是自己對物質的想像，而是世界給予她的形象，那麼那些詩便不再努力變成事物，而是邀請事物來變成自己。同時也邀請圖像與聲音一同旋轉，無止盡地互相涉入，最終一起成為更加堅固的軸心，一個逐漸趨近於完整的夢想的身體──虛擬的電影院，吸引更多事物進來。

[3]　阿翁訪談夏宇，〈問詩──語言謀殺的第一現場〉，《粉紅色噪音》（夏宇出版，台北：田園城市發行，2007.07），無頁碼。

[4]　Maurice Merleau-Ponty著，劉韵涵譯，《眼與心：梅洛－龐蒂現象學美學文集》（北京：中國社會科學出版，1992），頁782-783。

一、自光的深處同時浮現：
詩與畫水乳交融

（一）顏色的目光

　　在夏宇的眼中，文字是自然出現的，帶著某種姿態而非意義現身，這並不能以一般所謂的「圖像詩」來解釋。除了作有〈隨想曲〉、〈消失的象〉等圖像詩以外，她更提供一個平台，當詩與繪畫互相涉入，涉入的模樣會顯現於其上。在《摩擦‧無以名狀》的序言〈逆毛撫摸〉裡，夏宇初次描繪文字如何以某種形象出現在她面前，而該詩集的形式完全體現了文字作為物質的概念。當大開本的《腹語術》中的詩作被剪下來，一塊又一塊字詞散落在地面上，森林出現了：「抽離地看每個字都像一個小小的森林枝椏交錯柔調漏金」[5]，這些字瞬間成為世界裡的一物，彷彿可以看到陽光從枝椏間的縫隙鑽到林地上，粗細不一的樹枝與光影交織成一幅圖畫。

　　夏宇也直接表明，當她在製作《摩擦‧無以名狀》時，畫家的身影確實與自己疊合在一起，字也看作顏色，於是一首詩成了一幅圖畫。她亦實際舉例，描述文字的意義被形象包裹進去的過程：

> 試讀一段莊子：
>
> 孔子問於老聃曰：「今日宴閒，敢問至道」。老聃曰：「女齋戒，疏瀹而心，澡雪而精神，掊擊而知！夫道，窅然難言哉！將為女言其崖略。夫昭昭生於冥

---

[5]　夏宇，〈逆毛撫摸〉，《摩擦‧無以名狀》（夏宇出版，台北：唐山發行，1995.05），無頁碼。

冥，有倫生於無形，精神生於道，形本生於精，而萬
物以形相生，故九竅者胎生，八竅者卵生。其來無
迹，其往無崖，無門無房，四達之皇皇也。」

「今日宴閒」四字滿地樹影，條紋和斑點中置一老舊
土黃籐椅，那光是藍灰鑲點不著邊際的漠漠的紫，帶
著煙黃色的光輪早早已經改變了三個字外「道」的色
彩，「其來無迹，其往無崖」，黃點紛亂。道是離奇
的滑坡。道是什麼顏色？道是鵝肝色。

你覺得「低聲說話」帶著什麼顏色的光環？[6]

　　那樣一段嚴肅的字句就這樣活潑了起來，不顧原本形而
上的追求，完全把字的肉體攤開來。神奇的是，原有的意義
並未完全消失，完好地被包裹在一幅景象裡。「道是離其的
滑坡」，「道是鵝肝色」，為什麼？只因「其來無迹，其往
無崖」，道的「形象」亦是以無法解釋的姿態出現。此外，
「你覺得『低聲說話』帶著什麼顏色的光環？」這句話一次
融合了兩種感官，我們想像著「低聲說話」的形象似乎是具
有輕巧、膽怯、隱瞞、禮貌等特質時，彷彿「聽到了」這個
四個字正在小聲對話，然而「顏色」闖進了耳裡，是什麼顏
色正在低聲說話嗎？還是那四個字說出了什麼顏色嗎？於是
一種全新的感知形式出現，在夢想的身體裡，想像力作為感
官之間的通道，連結了視覺與聽覺，「低聲說話」或許就是
藍紫色的。
　　「字」裡面也可以有通道，如轉生後的《摩擦・無以名
狀》中的字詞，帶有「前世」《腹語術》的印記：

6　夏宇，〈逆毛撫摸〉，《摩擦・無以名狀》（夏宇出版，台北：唐山發行，
　　1995.05），無頁碼。

這本詩集是上一本詩集的再生轉世有共同的胎記。喝
過冥河裡的水前世種種煙消雲散，但有一天你來到一
個陌生的地方你覺得你曾經來過，剛認識一個人你彷
彿早已認識過。你不知道怎麼解釋，是前世。[7]

從《腹語術》到《摩擦‧無以名狀》，兩本詩集之間
唯一的共通點是「字詞」。我們或許可以在《摩擦‧無以
名狀》的詩句裡，找出《腹語術》的影子，因為一個似曾相
似的詞語或句子。但是也僅止於此，我們無法解釋它們何以
從一首詩「轉生」成另一首詩，所有的「因」混在一起，種
出似曾相似、又找不出關聯性的「果」。作為一首完整的詩
作，這樣的轉生只會帶來熟悉感，不必然有意義上的關聯。
當那些字詞如此熟悉，如此讓人安心，夢想便會到來，把
「前世」與「今生」包裹在一起。因此夏宇表明，對於沒讀
過《腹語術》的讀者，建議他們把《腹語術》當作《摩擦‧
無以名狀》的回聲。回聲，這個形容讓字的轉生成為雙向的
通道，聲音的來去形成一個圓圈，夏宇邀請我們在裡面夢
想，令人安心的字眼在一旁旋轉著，有時互相靠近，不小心
就成了一首詩。

再看到《摩擦‧無以名狀》當中，那些貼上的字詞背
面，總有些被捨棄的字句，似有若無地透出來，恍若鬼魅，
跟隨著被揀選出的字句來到下一世，成為字的影子，澈底
成為難以辨認字義的線條。被捨棄的僅為其義，形體卻留下
了，與被選上的那一面結合，鬆動了上頭的文字，彷彿一棵
樹木長出半透明的四肢，開始走向我們。當我們與之相遇，
那些鮮活的形體卻又靜止了，被一格格框起，成為眾多小小
的畫作。那是夏宇親手剪下的框，一個個不規則的、特別安

7　夏宇，〈逆毛撫摸〉，《摩擦‧無以名狀》（夏宇出版，台北：唐山發行，
　　1995.05），無頁碼。

排的畫框，通往曾為《腹語術》的過去，迎向「被揀選」與「被捨棄」的物質共同交織而成的未來。

《摩擦・無以名狀》以圖畫紙印製，儼然一本畫冊，每一頁又擺滿了許多文字組成的「畫」，畫中有畫，一個空間裡又展開了另一個空間。於是畫冊變為展間，展示眾多畫作，畫作之間彼此接近、分離，或疏或密，活躍在整個展間裡。

夏宇言：「我怎麼老在印象派的色彩理論找到我癡戀文字的根據呢？尤其是『點描法』。」[8]眾多形狀、色彩不一的點聚集起來，間中仍有些空隙，那些剪下的字詞線條組成不一、邊緣歪斜，也同樣聚集在「圖畫紙」上。每一個色點與方格都把某種姿態凝住了，而色點之間、方格之間的縫隙則成為它們流動的場域。於是掛起來的畫在展間裡走動，剪貼上去的字在相簿（圖畫紙）上漂移，世界以色點的形態降落在這裡，持續不動，卻也持續在夢想中活動，推擠、容納彼此，在願意承載它們的空間裡。不過，這終究不是一本畫冊，也不是顏色的居所，文字待在裡面，等待顏色到來，顏色會在夢想中到來，從那些縫隙中降落。因此夏宇這麼說：

- 這樣的兩個句子「有人呼喚我的名字」和「遺失三顆鈕扣」，一個絕大的誘惑是找一個「像」字把它們連在一起讓它們「產生意義」。我必須承認意義是極端恐怖的誘惑。意象尤其是。最後我以我終究不是一個畫畫的來自圓其說，意思是，我實在無能抗拒這些誘惑。
- 這也是它們最後被當做一本詩集看待的原因，而不是一本畫冊。

---

[8] 夏宇，〈逆毛撫摸〉，《摩擦・無以名狀》（夏宇出版，台北：唐山發行，2005.05），無頁碼。

・但是最後，我還是把「像」字拿掉了。[9]

　　意義和意象的誘惑來自語言本身，無論染成什麼顏色，形態如何轉變，這份吸引力仍不會消失，只游移在顯露與隱藏之間。於是到來的顏色就這樣與文字共舞，進退之間充斥著某種曖昧的氛圍，誘引對方或者被誘引，時而接近，時而遠離。但終究是相異的存在，文字可以染色，卻不可能變成顏色：

　　　　我知道字大概永遠不可能變成顏色，也不會變成音符，也不會變成葡萄藤，這本詩集裡的企圖可能是失敗的，但希望詩可以留下來。[10]

　　字終究是相異於其他物質的，即使它這麼喜歡浸潤在顏色、音符、葡萄藤之中。也正是因為不可能全然混在一起，正是詩人將其打散、分離，正是因為縫隙，才能在重聚之時感覺到其他物質的存在，他們與自己「在一起」卻又並非是「同一個」。企圖可能失敗，係因「字不可能是顏色」，然而這裡又有了一次「回聲」，另一條雙向通道敞開了：

　　　　我把整本原稿帶給一些朋友看，他們都贊成印成詩集時儘量保留手工剪貼的質感（雖然這些1.5cm×1.5cm的字都得照著開本縮版），那麼即使詩可能是失敗的，希望企圖可以留下來。[11]

9　夏宇，〈逆毛撫摸〉，《摩擦・無以名狀》（夏宇出版，台北：唐山發行，2005.05），無頁碼。
10　夏宇，〈逆毛撫摸〉，《摩擦・無以名狀》（夏宇出版，台北：唐山發行，2005.05），無頁碼。
11　夏宇，〈逆毛撫摸〉，《摩擦・無以名狀》（夏宇出版，台北：唐山發行，2005.05），無頁碼。

字與顏色終究不可能同一，因而企圖失敗，只剩下為了這個企圖而產生的詩作。不過留下來的詩也許是意味極其不明的「壞詩」，因其存在初始是「為了變成顏色」，那麼保留手工剪貼的樣子，無論失敗的企圖還是失敗的詩，都能夠留下來了。再看到整本使用黑白印刷，並無實際顯現顏色之間的互動，因此它們既非顏色亦非詩，而是「與顏色一起夢想」的文字。

從《摩擦·無以名狀》的設計上，我們發現「字即顏色」的概念是全然想像的存在，那些文字只是在夢想的目光下，各自有著符合其形象的顏色。當我們進入「顏色」的身體裡，以它的目光來看待文字，詩即成了被觀賞的畫作，而非閱讀對象。

（二）畫家的目光

其實早在《備忘錄》裡，夏宇便已經開始「看詩」，其中〈1976〉、〈1979〉、〈歹徒丙〉、〈社會版〉的內容分別都是一幅黑白圖畫。〈1976〉是一張繪有四個人像的圖，〈1979〉是包含詩句的圖，〈歹徒丙〉是繪有一個人像的圖，〈社會版〉則是一張包含傳單句子的圖。夏宇用新的目光看待詩，並且將這樣的目光安插在既有的目光——傳統的詩作呈現方式——之中。她將一種新的經驗方式引入詩的領域，而不僅僅作為輔助，不止於一般所稱之圖像詩——在詩作旁附上一插圖，或是將文字排列成圖像的樣子。以圖像輔助詩作的解讀，是讓讀者在閱讀詩作時，得以將感受具象化，可視為一種閱讀的線索，換句話說，詩的本體仍是文字與其意義。然而當詩的本體不再是文字，而是圖片，讀詩的空間瞬間成為賞畫的空間。

一本詩集內部若有幾次這樣的空間轉換，我們的目光會逐漸鬆動，與賞畫的目光融合在一起，畫裡的文字不再處於

圖像之外，真正成為其中的一份子。此時的文字不是詩，只是解讀畫作的線索，恰恰與插圖或圖像詩的概念相反，至此圖畫已凌駕於文字意義，圖畫也可以是詩。若說圖像詩是以詩人之眼觀畫，那麼以圖為詩，便是以畫家之眼閱詩，在畫家的目光裡，詩是線條、形狀、顏色所構成的形象。

在《備忘錄》裡，讀詩與賞畫空間不斷轉換，交錯之中，賞畫的目光出現。到了《摩擦·無以名狀》，詩集本身成為一個賞畫空間，分明採黑白印刷，卻使用圖畫紙印製。前言亦述及，「字即顏色」的概念，驅使我們在黑白的空間裡，將那些重新貼上的字詞想像為色塊，觸及顏色的夢想。《腹語術》裡的詩句彷彿成了彩色顏料，一首一個顏色，好像可以見到夏宇以剪刀當畫筆的模樣，她每次僅沾取一種顏色中的一小點，點在圖畫紙上，而後陸續沾取不同顏色。最終，每一首詩都有《腹語術》好幾首詩作的影子，每一幅畫都是由固定的幾種顏色融合而成，此刻的顏色看上去與作為顏料時的姿態完全不一樣，它們的連結就是顏色，只有顏色。

接下來在《Salsa》裡，真正的「顏色」出現了。黑色的詩句印在白紙上，幾張彩色的圖畫則印在半透明的紙上，穿插其中，於是我們可以隱約看到圖畫背後的詩句。當兩者疊加在一起，那些字恍若畫的一部分，原本清晰的文字一套上彩色的濾鏡，便成了模糊而繽紛的線條。字與畫可以獨立存在，也能夠融合得天衣無縫，翻動書頁，它們不斷靠近與分開，牽引著彼此，兩種目光時而交疊，時而獨立，夢想的人在其中隨意變換目光。

《Salsa》像是《摩擦·無以名狀》與《粉紅色噪音》的中繼站，或可稱之為字的「休息站」。《粉紅色噪音》將剪貼詩句的對象擴大到整個網路世界，並且讓翻譯軟體參與這場拼貼遊戲：

常常是一封垃圾郵件引起的超連結，無止盡的英語部
落格網站撿來的句子，分行斷句模仿詩的形式，然後
丟給翻譯軟體翻，之後根據譯文的語境調整原文再翻
個幾次，雙語並列模仿「翻譯詩」。[12]

　　透過「機器詩人」的目光，夏宇看到那純粹的字句，
它們在完全固定的機制下產出，像是一場物質生成儀式，
某一種語言與翻譯軟體裡的程式碼融合在一起，生成另一種
語言。操作翻譯機的夏宇就是煉金術士，對她而言，原文的
字詞彷彿成了「物」，而非「可解讀的詞組」，只有翻譯軟
體的程式碼能夠辨識，那些原文字詞與程式碼鎔鑄成一些漢
字，它們是被合成出的「新物質」。巴舍拉表示：「科學家
繼續工作，而煉金術家不斷重新開始工作。」[13]夏宇用翻譯
軟體將連貫的句子還原為不連貫的單詞，根據譯出的單詞語
意，再回去修改原文，如此重複翻譯幾次，便如同煉金術士
不斷純化物質的過程，最終會析出語言的純粹形象。原文展
露出語言的理智特質，譯文揭露出語言的想像特質，語言的
純粹與不純粹並置在詩集裡，因著書籍的設計方式，得以相
互輝映。
　　在純化的夢想中，覆於語言之上的裝飾全都卸下了，
回到最樸實的模樣。此刻各個語詞之間的距離更近了，少
了橋梁，它們紛紛涉水而過，在透明繪圖紙製成的書頁裡，
詩句跨頁擁抱在一起，共同呼吸著。《摩擦‧無以名狀》把
平面的空間拓展開來，製成一個「畫著虛線，無限擴大的版
圖」，剪下的字詞彷彿黏貼在座標所劃分出的格子裡，分別

12　阿翁訪談夏宇，〈問詩──語言謀殺的第一現場〉，《粉紅色噪音》（夏宇
　　出版，台北：田園城市發行，2007.07）。
13　Gaston Bachelard著，劉自強譯，《夢想的詩學》（北京：生活‧讀書‧新知
　　三聯書店，1996.06），頁97。

佔領其中一塊地盤。那些字被區隔出來，一個個在獨立的畫作裡凝聚自身，以安靜的姿態與其他畫作裡的形象產生互動，整個展間充滿了生命力。而《粉紅色噪音》以透明的賽璐珞片印製，將那些獨立的畫作整併在一起，多張地圖疊起來，形成通往許多世界的廣大宇宙。畫框消失，文字真正的聚在一起，展間裡就掛著那樣一幅巨大的畫作，畫作裡十足的混亂與豐沛，那些線條與顏色互相抗拒，卻又藉著對方來突顯自身。

　　《粉紅色噪音》裡的每一首詩都分成兩張來印製，一張印上原文，向左方對齊；一張印上譯文，向右方對齊，如此重疊出幾十首詩。原文與譯文詩句如同兩顆並排的樹，一左一右，樹枝分別自左邊與右邊向中間開展，相互疊合，一行行詩句與組成每個字的線條，彷彿是粗細不一的枝葉，交織出森林中錯落有致的景觀。又因這兩棵樹顏色不一，交錯的部分顯得更加鮮明且有層次。其中原文以黑色呈現，譯文則以粉紅色印製，粉紅色字體的出現，讓平日被印刷出的黑色字體不僅僅被視為「字」，而是「黑色的字」，字的顏色性質因而顯露出來。夏宇引里爾克論賽尚的話語，描繪那些「字」在她眼中互動的模樣：

> 每個顏色自我集中，面對另一個顏色而意識到自己的存在；在每個顏色中形成不同層次的強度來溶解或者承受不同的別的顏色。除了這個顏色自我分泌的體系，還不能忘記反光的角色；局部的較弱的色調褪失，為了反映更強的色調。由於這諸種影響的或進或退，畫面的內部激動、提升、收聚而永不靜止下來……[14]

---

[14] 夏宇，〈逆毛撫摸〉，《摩擦‧無以名狀》（夏宇出版，台北：唐山發行，1995.05），無頁碼。

《摩擦‧無以名狀》開啟顏色的夢想，而《粉紅色噪音》完全進到夢想深處，文字之間的距離依憑著顏色。那黑色與粉紅色互相證明彼此的存在，又是一對安尼姆斯與安尼瑪，在交錯的地方遮蓋彼此，又突顯彼此。夏宇是在印象派的色彩理論裡，看到文字與顏色的交會處，而印象派重視光影，以此目光來看，粉紅色是光，黑色是影，粉紅色文字可以被視為黑色文字的反光狀態。一翻動書頁，光影湧動，外頭的陽光與畫中的光匯合，透明的畫布使得兩個世界相互穿透。我們緩緩步入畫中，沐浴在兩個世界的光裡。

　　相互重疊的字詞儼然枝椏交錯，在黑色與粉紅色的夢想中，陽光透過枝葉縫隙，穿透到地面上，暈成或大或小的光點。這樣的光點與如何顯現？這時我們可以發現賽璐璐片有個另外的作用：可置於水中。《粉紅色噪音》出版之時，誠品信義店的藝術書區擺放著一個裝滿水的大魚缸，詩集陳列於其中，粉紅色的文字像是消失一般，反光得更加嚴重，微微顫動的水與光聯手，將文字包覆得更密，帶到更遠的地方。當我們泡在裝滿水的浴缸裡，翻開詩集，所觸及到的全然不是文字，而是一團模糊的色塊。想像文字已紛紛游進水中，成為水的波紋，我們沐浴在文字裡，故而望不見它們，只見那凝聚在同一個地方、被留下來的顏色，澈底變成一個沒有文字的藝術品。

（三）詩人與藝術家的身體

　　李元貞在《女性詩學》這本著作裡，整理出一九一九到一九六四年間出生的女詩人其學歷、職業和所屬詩社，獨獨在夏宇的職業欄裡填上「藝術家」，而非「詩人」。可見她的創作價值已經不僅在文字創作上，以「藝術」之名才可以囊括她的各種跨界行為。夏宇一再突破語言的界線，顛覆語言呈現的方式，在語言與藝術之間拉出一條特別的路徑，即

是把語言視為一種藝術。她自言不把自己視為詩人，倘若冠之以「藝術家」之名，想必她也是不以為然的。不過，我們可以在詩人夏宇和藝術家夏宇之間，逐漸趨近於她作為世界裡的某一物的形象。

以藝術家來稱呼詩人，似乎是以沒有設限的目光看待她的作品。倒不是詩的範圍較為窄小，只是「詩人」暗示了一個使用話語的形象，而夏宇較接近世界的探索者，文字僅是散發香氣的存在，吸引各種形象到來。因此，「詩人」只是她在起點的形象，朝向「不是詩」的方向前進，在那裡面發現詩。夏宇在顏色裡發現詩，它們以顏色的姿態伸展自己，四處暈染，成為陌生的形象。為了與之親近，夏宇通過藝術家的身體，投射出藝術家的自己。那個藝術家就是塞尚。

夏宇在印象派的色彩理論裡看到字，然後把後期印象派畫家塞尚面對顏色的姿態，與自己面對文字的姿態疊合在一起，以此作為《摩擦・無以名狀》詩集設計的基底：

> 但為了塞尚的緣故（最終我可能把自己當油漆匠看待），為了一個幾乎不可能的字「純粹」（至今想像不出它的顏色），也為了有人說塞尚極可能是視覺殘障故眼遇各色皆成異色，我決定用一種我們小時候畫畫用的繪圖紙印，撕開時留下毛毛的邊，用粉蠟筆上色，如果你從右邊開始，你的小指側面直到手肘處都會沾上顏色，這個顏色一路摩擦到左邊，你遲早就會進入「野獸派」。[15]

賽尚作為後期印象派畫家，扮演了承先啟後的角色。

與日常碎片一起漂移

172

---

[15] 夏宇，〈逆毛撫摸〉，《摩擦・無以名狀》（夏宇出版，台北：唐山發行，1995.05），無頁碼。

印象派畫家打破只注意物體明暗變化的傳統畫法，改以色彩表現出光作用在物體上的各種樣態，而塞尚又更加重視色彩本身所帶來的多種可能性。他不認為繪畫的功能是複製客觀真實，而是讓被描繪的物體之間產生和諧的關係，使觀者被這樣的關係吸引。塞尚扭轉了人們觀畫的視角，畫中的空間感以顏色之間的對比來塑造，而非奠基於與現實空間的相似程度。到了野獸派，畫家只描繪出主觀感知的世界，以對比色之間的張力建構，主導視覺的因素不再是對現實世界的錯覺，而是顏色之間的互動，於是現實中的空間與畫作中的空間在視覺上割裂了開來，物質世界與精神世界也隨之分裂。

　　賽尚這個中介的位置，揭示出夏宇安排詩語言的方式。她先以印象派的色彩理論看待文字，發現染色的文字形象，以及顏色推擠之下所產生的光；而當夏宇把詩句剪開來，決定將哪些字詞湊在一起時，這般挑選的動作則是以賽尚的風格來比擬：「這些字充滿了取捨決定像賽尚的水果」[16]，可見夏宇將賽尚的顏色安排方式作為字詞安排的基礎，意義差距大的字詞聚在一起，互相推擠，產生詩意的張力。

　　接著，作為承載詩意的空間的詩集，則會左右觸及詩的人的直觀感受，當夏宇在陳述詩集設計的概念時，帶著觸及此詩集的人「前進野獸派」：「用粉蠟筆上色，如果你從右邊開始，你的小指側面直到手肘處都會沾上顏色，這個顏色一路摩擦到左邊，你遲早就會進入「野獸派」。」[17]顏色原本必須遵循現實世界的安排，文字原本必須接受語言邏輯的宰制。當《摩擦‧無以名狀》將《腹語術》的文字打散，重構出一個純粹由文字這個形體所建立的世界，便可以連結到

---

[16]　夏宇，〈逆毛撫摸〉，《摩擦‧無以名狀》（夏宇出版，台北：唐山發行，1995.05），無頁碼。

[17]　夏宇，〈逆毛撫摸〉，《摩擦‧無以名狀》（夏宇出版，台北：唐山發行，1995.05），無頁碼。

野獸派的理念，顏色不再受到物體宰制，而是心靈，或可說它回歸了自身。《摩擦・無以名狀》每一個攤開的頁面都是一張空白的畫紙，夏宇剪貼文字的舉動，僅是以虛線描繪出一個又一個色塊，由讀者來發現顏色。當我們以眼睛作為粉蠟筆，自右到左畫過一遍，視覺神經甚至其他感官都會染上顏色，如塞尚般「眼遇各色皆成異色」，世界暈染了我們，於是開始「進入野獸派」。

在〈最熟最爛的夏天〉一詩中，夏宇對塞尚及其風格的描寫，大致呈現出「印象派－塞尚（後期印象派）－野獸派」的轉換歷程。研究者林苡霖在研究夏宇的論文裡闢出一小節「致藝術家」，提及夏宇將藝術流派入詩，有〈象徵派〉、〈野獸派〉、〈夢見波伊斯〉、〈自我的地獄－致波赫士〉、〈心理分析－致Pina Bausch〉等詩，[18]唯獨〈最熟最爛的夏天〉一詩缺席了。雖然此詩詩題並未與藝術流派或藝術家做連結，然而這正好說明夏宇並非在談論藝術，而是將自己的狀態與藝術家接軌。

〈最熟最爛的夏天〉以季節遞嬗表示藝術風格的移轉，春天是比擬印象派注重光影、氛圍的風格，夏天是比擬野獸派的狂熱燥動，而賽尚死亡的那一天，象徵著後期印象派結束，即將進入野獸派。首句提及「夏天沉落在貓眼的鐘面」，意味著「時間」在貓眼裡轉動，接收著不同時刻的狀態，而這裡的時間承載了一段風格移轉的過程，從整個春天「專注於光顏色和氣氛」的印象派，到夏天「再也不能滿足於光」、「同時對氣氛厭倦」的野獸派。

塞尚上承印象派，下啟野獸派，他的軀體在本詩裡是連通春天與夏天的管道，將死之際正是「後期印象派的最後一個傍晚」，也就是春天的最後一個傍晚。在來到八月、

---

[18] 林苡霖，〈夏宇詩的歧路花園〉（國立清華大學中文所碩士論文，2009.07），頁83。

進入野獸派之前，夏宇如此描寫這段時間的流動：「光點在吊床上加深／在風吹起的簾子上變淺／顯著的筆觸分割／加上最後一點葡萄就裂開了」[19]印象派運用或深或淺的色點來表現出光影，而那些「光點」的「加深」與「變淺」，擴大了顏色之間的對比，這即是塞尚的繪畫風格。他分割顏色，把原本只如影子般模糊的葡萄藤形象具體化，繪出顏色鮮明的「葡萄」，亦即把用以反映光影的色塊，再切割得更加明確，作為接續其後的野獸派的基石。

　　這段時間過後，野獸派在塞尚「面窗躺著」、「眼皮對直三點鐘的鐘面」之後到來，一如夏天沉落在「貓眼的鐘面」與「栗子色的四肢」。亦即，塞尚承載了這段時間的流動，眼睛與貓眼重疊，四肢也與貓重疊。那麼如何看待塞尚與貓的重合？在〈太初有字〉裡，夏宇如此描寫：「那些詩／我發現它們會隨著光線變化／像貓眼」[20]那些會隨著光線變化、印象派式的詩文字，是貓眼。在那閃動的目光裡，有一種「祕密的無限擴大深入的網狀或是螺旋狀系統的世界」[21]，或以顏色鋪排，或以文字羅列，為有別於日常邏輯的感官世界。而透過夏宇《腹語術》的再版後記〈我在偷看他在不在偷看〉，可以看到她如何運用「貓眼」，覺知到另一種時間的軌跡：

　　　　一間完全沒有裝飾的房間
　　　　隔音的牆
　　　　吞噬所有的聲音

19　夏宇，〈最熟最爛的夏天〉，《Salsa》（夏宇出版，台北：唐山發行，1999.09），頁31-35。
20　夏宇，〈太初有字〉，《Salsa》（夏宇出版，台北：唐山發行，1999.09），頁98。
21　萬胥亭訪談夏宇，〈筆談〉，《腹語術》（現代詩季刊社出版，台北：唐山發行，2003.03），頁100。

貓跳下來
又安靜又軟
嘴唇一樣的肉墊

貓眼裡是時間
牠看到的我們
是灰色的
而且永恆

但我們覺得自己那麼爛
需要技術
需要不斷地擁吻

現在侵略過去
過去侵略現在
但現在與過去無關

他在偷看
我在偷看他在不在偷看[22]

　　他在看，我也在看，原本我們分別承載著一個世界的時
間，從不同的世界中望出去，都只能看到被限制的景象。而
貓運用牠的目光，悄無聲息地將「我們」容納進去，統一我
們的世界。那目光遍布各個角落，吸引四處漫溢的顏色自動
跟隨，匯聚到牠的軀體裡。於是一經觸碰，不同色彩的「我
們」隨即褪為單一的灰色，一個個時間也脫離原位，乘著顏
料流淌過去，在貓的身軀裡相互推擠、彼此交融。於是「現

22 夏宇，〈我在偷看他不在偷看——再版後記〉，《腹語術》（現代詩季刊社
　　出版，台北：唐山發行，2003.03），頁120-121。

在侵略過去」、「過去侵略現在」，每個時刻都凝聚出一個主體，對另一個時刻展開行動。這些時間在貓腹中角力，似印象派畫作中顏色之間的互動。而貓眼可以是詩文字，是所有時間的交會處，只有通過它，才能抵達貓的神祕深處，那個被凝縮起來的、宇宙的時間。

因此，塞尚死亡的那一刻，本屬於他的時間脫離了肉身，藉著他緊閉的雙目「沉落在貓眼的鐘面上」，降生為藝術流派轉換歷程當中的「野獸派」這個時點。塞尚與貓眼睛的重合，不僅可視為個人時間與宇宙時間的接軌，亦是塞尚所代表的後期印象派藝術與夏宇的貓眼——詩文字的接軌，於是藝術和語言的時間共同推進，同時抵達「野獸派」，此時的野獸派，既是藝術，亦是語言。

藝術與語言的時間一接軌，便開始在夏宇的「貓」腹中展開對話，外部輪廓則是詩的框架，而這個框架令人「厭煩」：

　　　　再也不能滿足於光
　　　　同時對氣氛厭倦

　　　　最熟最爛的夏天
　　　　厄言如葡萄蔓衍

　　　　同時對風格厭倦
　　　　風格到底存不存在

　　　　風格像雪
　　　　雪是多麼多麼容易弄髒啊[23]

───────────
[23] 夏宇，〈最熟最爛的夏天〉，《Salsa》（夏宇出版，台北：唐山發行，1999.09），頁31-35。

當藝術和語言同抵野獸派時，未經修飾的自然話語「厄言」自貓體內流洩出來，厭倦特別經營的氣氛，厭倦有框架的風格。此處的氣氛與風格的形象接近王耀煌〈印象派讀者〉中的描述：「芝麻開門了／陽光騷動窗簾／她正在睡／粉紅的腮際／彷彿懶慵慵的繡球菊」[24]輕輕一碰，「她」失去了一直以來被認為的面貌，轉變為流動的、需要重新認識的存在，貓的輪廓變成虛線。夏宇經常描寫「厭煩」，林苾霖表示，這是一種厭煩生活、時代現況所開展的行動，並且可以帶來狂喜。[25]而她之所以厭煩現況，是出於返回原初的渴望，正是這份渴望令人狂喜。在每一種時刻裡，為了返回最貼近原初的自然語言，夏宇都企圖抹除覆於其上的某種氣氛和風格，如拂去塵埃一般。一旦意識到它們的存在，便生了厭倦，啟動貓的時間，那些原初的形象瞬間顯現，隨即又被新的塵埃覆上。新舊時刻移轉之際，塵埃漫天飛舞，我們穿過塵埃，穿過厭煩，發現縫隙中存在一個無限擴張的空間，如〈繼續討論厭煩〉的其中一段：

> 你要怎麼形容厭煩的味道呢？
> 只有最老成持重的侍者會說：
> 「你要怎麼形容橘子的味道呢
> 我們只能說有些味道像橘子。」
>
> 讓人著迷的不是它的建築
> 而是它的癱瘓。有一種瀧涎香。
> 琥珀色。也不妨甚至
> 像是一些呆滯的水管的樣子。
> 一些牛皮紙袋的樣子。

---

[24] 王耀煌，〈印象派讀者〉，《中外文學》第十七卷第3期（1988.08），頁24。
[25] 林苾霖，〈夏宇詩的歧路花園〉（國立清華大學中文所碩士論文，2009.07），頁86。

機緣、回憶、慾望和巧合
的反向下水道的歷史背面的城市[26]

令人著迷的並不是「厭煩」的存在本身，而是其所引致
的「癱瘓」，癱瘓當下的迷障，抵達一個歷史反面的空間。
那裡與歷史同源，卻又超脫了歷史，正如夏宇說厭煩「有一
種遙遠而清澈的感覺」，是由光所構築而成的地方：

那真是一種氣氛的問題
厭煩
接近印象派
在狂喜最薄最薄的邊上
只有光可以表達
每一個時刻移動的光
那奢侈寧靜那逸樂那膩
是那種以為再也不可能醒來的午睡
接近恐怖主義[27]

〈最熟最爛的夏天〉裡寫到印象派後期，即將進入野獸
派時，「再也不能滿足於光／同時對氣氛厭倦」。經歷了一
段印象派風行的光陰，原本用以打破前一個派別、接近自然
原初的元素，又成為一種新的、人工的桎梏，顏色之間流洩
出的光和氣氛，至此顯得虛浮。因此在〈繼續討論厭煩〉裡
可以發現，「厭煩」逐漸靠近印象派，藉著光線透了出來。

對印象派的厭煩、對野獸派的追求構成了夏宇的創作

基底，塞尚則象徵著兩造之間的裂隙，他的畫作實踐了對印象派的「厭煩」，把穿透厭煩而抵達的地方呈現出來，正如夏宇在〈繼續討論厭煩〉裡所訴說的那個「歷史背面的城市」。

前述以〈最熟最爛的夏天〉揭露出語言與藝術時間的銜接處，接著再探看夏宇如何用文字走入隙縫裡的空間。於〈夢見波伊斯〉一詩中，夏宇以夢境來開展那個空間。最初在歷史的時間裡，敘述者「我」只看到波伊斯的展覽，那個展間也只容納了「我」對波伊斯作品的感受。當時波伊斯是一個缺席的對象，在那個空間裡缺席，他的作品也脫離了他而獨立存在。佈展完成離開之後，波伊斯在這裡的時間和空間已死，只延續在每一個走進來的觀賞者身上。

因此，夏宇需要另覓一個與波伊斯對話的地方，她在夢裡召喚了波伊斯，雖然處在與現實同樣的展間裡，但是只有擺脫日常的時間，才能與不同時空的人共享時間。其中這一句充分表現出此處的共享模式：「我佔了優勢。我用夢包裹你。／然後用詩包裹夢。」[28]用詩語言開展的夢不是夜晚的夢境，而是有明確意識的想像，一如貓眼。在他方的波伊斯被邀請到夏宇的空間裡打造展間，於是夏宇得以挑選適當的時刻進入，與之互動，將語言與藝術創作的時刻疊合在一起，最終以語言的方式呈現藝術品。

塞尚的作品是平面的，在〈最熟最爛的夏天〉裡，我們看到他的眼與貓眼重合，想像夏宇和他在貓腹裡對話，就像賞畫時，必須用想像的方式進入畫作，詩裡指出那條路徑，卻無法具體言說裡面的空間。當夏宇描寫作為裝置藝術家的波伊斯時，以想像構成的空間有了實際的投射對象，那些藝術品的組成是實際的物體而非顏料，藝術與現實的通道建

---

28 夏宇，〈夢見波伊斯〉，《Salsa》（夏宇出版，台北：唐山發行，2009.02），頁14-19。

置在日常的空間裡，邀請觀賞者直接進入，再一同幻化為平面。詩中的第五段寫出夏宇走入藝術品的狀態，在夢的展間裡，她與波伊斯的時間接軌，主張「人物共享」的波伊斯正在創作，她便成為他的裝置、他的材料，與藝術品中的物體融為一體：

<blockquote>

遲來的我參觀你的作品

走過那些安靜的物

被迫參加你的裝置變成你的材料

這個午後乃是稀有當我

站在一面大窗漏進的光　與

所有你的物品相遇

我承認我的確被迷惑。這些石塊木板

蠟燭瓶子錫罐電線電池雪橇

乾草麻繩。變壓器。電話機。

布偶。腳架。水桶。提琴。

我凝視一個衣架一個紙箱

紙箱裡一塊油脂油脂上插著

溫度計　　它們可是

你那簡潔　疏離而又戲謔的

靈魂轉世——但儘可能地

予以改裝和倒置　以緞帶和熨斗的方式

出現[29]

</blockquote>

那些日常的物品帶有人的氣息，而人也受到物品的牽絆，成為物的一份子，相互浸淫在對方之中，物我難分。

---

[29] 夏宇，〈夢見波伊斯〉，《Salsa》（夏宇出版，台北：唐山發行，2009.02），頁14-19。

物安靜，人相對喧鬧，那「一面大窗漏進的光」是一個具有神性的時刻，人與物不再是支配與被支配的角色，他們真正平等地面對面，凝視彼此，並且展開對話。如巴舍拉所言：「『在關閉的房屋』內，與選擇為孤獨中的同伴的物單獨相對，這將是簡單的生存中多麼堅強的存在的保證！其他夢想將湧現出來，這些夢想猶如畫家喜愛體驗物的各種不同外形的夢想，能將夢想者帶往如畫的生活。」[30]當夏宇成為了物，與物真正成為同伴，就著「一面大窗漏進的光」，其他夢想湧現，本來她只夢想著波伊斯的作品，此刻連帶夢想著波伊斯的夢想。

當變成波伊斯的物品的夏宇，與所有他的物品相遇，彷彿與進入自己作品中，也變為物的同伴去夢想的波伊斯重疊在一起，藉由他的目光看待他的世界，對各種物進行夢想。透過夢想藝術家的夢想，夏宇被帶往「如那個裝置藝術品的生活」，而這個生活以詩的夢想為基底運作著。

那麼「光」在這裡的意義是什麼？想像在相對無光的空間裡，人與物個個顯得黯淡，不同物體之間的顏色接近，沒有因強烈對比而產生的張力，可以說光亮是「顯色」的要件，也是開啟不同的個體對話的關鍵，如此意義接近印象派。毫無意外地，這又啟動了夏宇的「厭煩」：「我把燈關掉。把你的／傳記闔起來。把印有你照片的／明信片寄掉。把為你寫的詩印出來」[31]夏宇讓自己沐浴在光中，又決定了光的離去；進入印象派，又離開印象派；走向藝術，又向藝術道別。

---

30 Gaston Bachelard著，劉自強譯，《夢想的詩學》（北京：生活・讀書・新知三聯書店，1996.06），頁207。
31 夏宇，〈夢見波伊斯〉，《Salsa》（夏宇出版，台北：唐山發行，2009.02），頁14-19。

二、愈混愈對：詩與歌的雜交派對

（一）樂音與噪音

夏宇表示，詩可以有包括「音樂性」等等不同的傾向，但是詞則無，只有「位置」的差別。所以詩可以有音樂性，詞則是屬於音樂。陳柏伶在〈雜音、走音或耳鳴——淺論夏宇詩中的聲音〉[32]裡，把夏宇詩中的音樂性梳理得相當清楚，不過比起詩的「音樂性」，或許更應該關注的是，夏宇如何重新自「音樂」進入詩。她不僅以李格弟、童大龍、李廢等筆名發表歌詞，並且出版《夏宇愈混樂隊》專輯和《這隻斑馬》／《那隻斑馬》歌詞集，更虛擬出一場對談，與談人分別為詩人夏宇和作詞人李格弟。因此，我們可以說，夏宇是詩的代言人，李格弟是詞的代言人，觀察這兩種身分的擺放位置與互動模式，可以發現橫亙在詩與詞之間的音樂，如何平衡／擾亂兩者的關係，使其一方面固守自己的位置，一方面又相互越界，企圖抵抗／融入彼此的生活，互揭瘡疤又舔拭彼此。以此回看夏宇的寫詩理念，深入釐清具有「音樂性」的詩作的核心概念。

夏宇另闢一個身分擔當作詞人，即是讓部分的自己走入群眾，部分的自己留在原地。以朱利安「間距」[33]的概念來看，她是在自己裡面打開了「間距」，讓「夏宇」離開自己，走向「李格弟」，而後返回自己。這樣的繞道能夠讓詩

---

[32] 陳柏伶，〈雜音、走音或耳鳴——淺論夏宇詩中的聲音〉，《臺灣詩學學刊》第三卷（2007.06），頁9-39。

[33] 法國漢學家及哲學家François Jullien 提出「間距」與「之間」這兩個哲學概念，為中國與歐洲思想提供一種新的連結方式，不再落入「同與異」的比較裡，而是使二者面對面，打開「間距」，映照出彼此，進而自我反思，產生流動而充滿孕育力的「之間」，於是那些被區隔開來的看待的文化，又重新匯流到一起。在此借用這個概念來看一個人分裂出的兩個自我，以彰顯出其透過對話，逐漸返回同一個源頭的歷程。

人的意念開展得更多，而詩人本身也因這樣的分裂，顯得更加完整。正如李癸雲對「夏宇」和「李格弟」的看法：「看似藉著分身『李格弟』在應付群體、社會的夏宇，事實上並未真正把「李格弟」從「夏宇」之中驅逐出來，兩者並非截然分裂，而是一種補充與移位。」[34]

李癸雲也從夏宇的自剖，察覺她以詞模糊詩邊界的意圖。在〈十匹騾子交換一個廁混的黃昏──H與L的對談〉裡，夏宇自己模擬了一場對談，參與對談的人分別是詩人夏宇和作詞人李格弟，李格弟對夏宇所說的其中一句話是：「而你不覺得唯一可以抵抗噪音的就是靡靡之音嗎哈哈？」[35]這裡所提及的噪音便是指《這隻斑馬》／《那隻斑馬》的前一本詩集《粉紅色噪音》，《粉紅色噪音》澈底把寫詩的主導權交給機器，詩人彷彿只成為「潤稿」者，照著翻譯軟體產出的結果，擺放出一首首機器所寫的詩。翻譯機產出的文字生硬，詞語湊在一起像是亂碼一般，我們無法解讀其意義，卻看到字的純粹；而《這隻斑馬》／《那隻斑馬》裡的歌詞，正好與之相反，情感濃郁，可以說極富「人性」，讀者容易與之共感，字的形象卻也淡去了。

《粉紅色噪音》將語言交給世界，而《這隻斑馬》／《那隻斑馬》將語言還給人。李格弟用靡靡之音抵抗噪音，捨不得放字自由，當詩人幾乎把自己交給物質的時候，作詞人離開物質，投身於邏輯當中。

如此拉扯，鬆動了詩與詞的位置，詞本被認為是媚俗的、藝術價值較低的，難以與詩匹敵，但是透過「李格弟」之口，詞佔據一個不亞於詩的位置，達到詩無法抵達的境

---

[34] 李癸雲，〈「唯一可以抵抗噪音的就是靡靡之音」──從《這隻斑馬This Zebra》談「李格弟」的身份意義〉，《臺灣詩學學刊》第23期（2014.06），頁173。

[35] 夏宇，〈十匹騾子交換一個廁混的黃昏──H與L的對談〉，《這隻斑馬》（夏宇出版，香港：歐氏兄弟發行，2010.10），無頁碼。

界。因為需要與音樂和大眾配合，所以詞的語言顯得寬容而且合群，無法獨立開展自身。在李格弟與夏宇的對談裡，李格弟直接向夏宇表示：「而且我鄭重地宣布，這會是你的第六本詩集。」[36]我們可以發現，夏宇給作詞人一個積極介入他人的性格，害怕寂寞，因而強烈地向他人索求；作為詩人的夏宇則顯得怯懦，安靜地打開自己，將世界迎進來，也邀請他人一起來發現世界的形象，共同進入物質的夢想。

然而為何《這隻斑馬》／《那隻斑馬》的作者不只是李格弟，而是夏宇／李格弟？歌詞本來只會出現在每張專輯的歌詞本裡，並不會以作詞人為軸心，集結成歌詞集。這樣一來，作詞人的價值來源有了轉變，從原本只能靠著依附他人，來獲得價值，變成依附自己，以拓展內部的自我來達到價值。夏宇的詩人性格是李格弟的依附對象，所以李格弟所出的歌詞集才會添上夏宇之名，並且宣稱那是「夏宇的的六本詩集」。

綜上觀之，李格弟有著依附夏宇、抵抗夏宇的特性，既在夏宇裡面，又在夏宇外面。既然《這隻斑馬／那隻斑馬》作為抵抗《粉紅色噪音》的「詩集」，便需要將《粉紅色噪音》的製作理念梳理一番，深入探究語言／聲音的連結，以及聲音／音樂所延展出的可能性。

夏宇第一本有「上色」的詩集是《粉紅色噪音》，接著才輪到色彩繽紛的《那隻斑馬》。粉紅色的文字讓詩作充滿了愉悅、輕佻的氛圍。翻譯機產出句子的過程分明是「過於正規」、不知變通，但是一組合起來，反而讓原先正規的句子變得「不正經」，彷彿刻意擾亂語言的規則，顯得好玩、活潑了起來。夏宇親暱地喚著「我的機器詩人」，並且樂於嘗試用不同世代的翻譯機重譯那些詩作，她與機器對話，甚

---

[36] 夏宇，〈十匹騾子交換一個齷齪的黃昏——H與L的對談〉，《這隻斑馬》（夏宇出版，香港：歐氏兄弟發行，2010.10），無頁碼。

至談戀愛，兩者各自以其方法發出「聲音」，共同譜出多首貌似不那麼和諧的調子。面對每一首詩，夏宇都會重複翻譯數次，不斷修改原文再譯，直到譯出她滿意的句子，這個過程彷彿是人與機器的討論行為，在不同的脈絡之間取得共識。比起夏宇獨自完成的詩作，這樣的討論是相對喧鬧而吵雜的，稱作「噪音」不僅增添了語言的活力，也意味著在這裡，詩可以不只是一個人的創作，而是相互對話、合作的成果。

　　除了可以把粉紅色和噪音這兩種意象分開來解讀之外，合起起來看也極具意義。當詩集甫一出版，媒體詢問夏宇「粉紅色噪音」的命名緣由，她只淡淡地說：「自己上網查吧。」[37]既是「機器詩人」的作品，當由機器來回答，背後也有著嚴謹的脈絡。夏宇在再版後記裡寫道：

> 2007年初版的粉紅色噪音如果設定為C大調
> 2008年再版粉紅色刷亮百分之十五設定為D大調
> 想像之後的每一版粉紅色逐漸明亮噪音分貝逐漸升高
> 不知多少年後的第一萬零一本時
> 粉紅色噪音將變成白色噪音？[38]

　　夏宇將顏色明度與聲音頻率做對比，還提及「白色噪音」，以聲學的概念分析詩集名稱，或許可以尋得一些可能性。噪音，一般泛指人們覺得吵雜的聲音，而在聲學上，則有區分出特定的種類，亦可被稱之為「遮蔽音」（Masker）。按照聲學慣例，人們借用光譜的概念，把人耳所能聽到的頻率範圍20Hz～20kHz套上顏色，從最低頻的紅

37　丁文玲報導，〈夏宇詩集《粉紅色噪音》防水防噪音〉，《中國時報》，
　　2007.09.16，第14版。
38　夏宇，《粉紅色噪音》再版後記（夏宇出版，台北：台北：田園城市發行，
　　2007.07），無頁碼。

色噪音到最高頻的紫色噪音。其中，因為白色噪音在每一個頻率上的能量均等，所以成為最被廣泛運用的遮蔽音，而粉紅色噪音則是特別針對「說話聲」的遮蔽材料，[39]也是最常用來測試音響的一種聲音。[40]那麼「粉紅色噪音」作為這本透明詩集的名稱，並非指涉語言喧鬧、相互干擾的態象，反而是意圖降低干擾，讓語言回到最純粹、無雜質的境地，或可將此種解讀為「對干擾的干擾」。

夏宇將詞語和詞語之間的空隙拓展開來，在世界裡打開感官，而李格弟則將詞語之間的空隙密合起來，陷入自己的情感之中。《這隻斑馬》／《那隻斑馬》承接著《粉紅色噪音》，擴張到最大的語言極速內縮，一張一合之間，彈性反而更大了，在樂音與噪音共同展開的空間裡，語言進入聲音的夢想，顏色也涉入其中，有那尋求安靜且令人愉悅的「粉紅色」噪音，那燦爛奔放而干擾重重的「雜色」樂音，語言跟著小聲哼唱著。

（二）混音與單音

楊瑩靜認為夏宇從一開始歌與詩的徑渭分明，逐漸轉變為「愈混愈對」，彼此融合。[41]然而文類界線的消弭其實只是過程，並非抵達之處，夏宇通過這般混合，聽到了詩的聲音。她挑選了幾十篇曾經發表過的詩作，收錄在《88首自選》裡，並羅列出每一首詩選自的詩集與詩刊。曾出版過的詩集幾乎都有收錄，甚至包括她自己主編的《現在詩第九期：劃掉劃掉劃掉》，唯獨《這隻斑馬》／《那隻斑馬》卻

---

[39] Jedi，〈遮蔽音〉（Jedi's BLOG, 2005.04.02）。網址：http://jedi.org/blog/archives/004936.html，2016.05.23查閱。

[40] 劉明振，〈音響實戰經驗：要如何使用音響測試寶典〉。網址：http://audioart.audionet.com.tw/0Review2002/220/23.htm，2016.05.23查閱。

[41] 楊瑩靜，〈黑與白的愈混愈對——從《這隻斑馬》、《那隻斑馬》看夏宇歌詞與詩之間的關係〉，《臺灣詩學學刊》第20號（2012.11），頁27-60。

沒有收錄進去，可見夏宇並未將詩與歌視為同一，融合是為了顯露，為了再次分離之後走得更遠。

　　以此概念看待兩隻斑馬的設計，黑白色的《這隻斑馬》是歌本，彩色的《那隻斑馬》是詩集，原因如是：「黑白斑馬讓我享受了那個被動，而彩色斑馬的那一刀讓我享受了主動或者是野性。」[42]意即，《那隻斑馬》才是歌詞納入詩的脈絡裡的關鍵，燦爛俗媚的顏色代表著流行音樂界，而把書頁分割成兩半的那一刀，意味著詩會將依附著歌曲的詞帶走，是詩促成了詞的獨立自主，除了流行音樂界，仍有詩作為它的歸宿。

　　以「夏宇」這個名字所出的專輯《夏宇愈混愈隊》，無疑是為「詞」所建造的一棟屋子，位於詩壇的夏宇給李格弟一個被棄時的安居之地。這是夏宇第一次詩詞相容的作品，她將沒被唱片公司挑中的歌詞集結起來，讓陳柔錚編曲，找了幾位歌手來唱，其中也穿插了夏宇所唸的詩。所以我們可以聽到被念出的詩／被唱出的歌混合在一起，詩／詞、非音樂／音樂的距離縮短，語音和靡靡之音共同傳到耳朵裡，是一種雜音，或者噪音？歌詞本上穿插了一些圖片，圖片底下都有一個簡短的句子，她在最後一首歌詞旁邊也放了張圖片，底下的文字是「讓噪音想法更為具體」，除了暗示這張專輯是一種確實可以聽到的「噪音」，也似乎預示了下一本詩集──「粉紅色噪音」的誕生，一本由噪音構成的詩集，裡面有著人類與機器共鳴所產生的噪音。

　　《夏宇愈混樂隊》裡混雜的聲音，匯集成「噪音」的形象；《粉紅色噪音》裡不同種語言的交疊、機器翻譯對意義的干擾、兩種顏色的交融，使語言發出噪音；《這隻斑馬》／《那隻斑馬》將樂音收納進來，擴大噪音的範圍，未幾頁

---

[42]　夏宇，〈十匹騾子交換一個廝混的黃昏──H與L的對談之二〉，《這隻斑馬》（夏宇出版，香港：歐氏兄弟發行，2010.10），無頁碼。

又收錄了夏宇和李格弟兩種身分的對談，夏宇體內的噪音嶄露無遺。

　　夏宇在〈痛快很痛快樂很快貓最重要〉一文中言及：「當我們早就假設並且證明這些歌是一個寫詩的人的另一些字，我只能心虛地說這是我的某某傾向和另某某傾向之間格格不入的初級示範。」[43]話裡隱藏的意思即是，如果沒有假設、沒有證明出那些歌是出自一個寫詩的人之手，那麼她便可以不用解釋，因為他們各自獨立，可以擁抱，卻無法合而為一。夏宇的「心虛」是因為她「無法解釋」兩種人格的分歧點，那是極其自然，安尼姆斯與安尼瑪般的存在。那麼又要如何解釋詩與歌的合作狀態？如同她說過的：「如果我們把未來詩與歌的結合狀態定義成二千多年前希臘悲劇裡的合唱歌隊的形式呢？」[44]它們帶著自身的特質與對方結合，既理智又抒情，既擁有流浪自由的特質，又需要與他人配合，而且最重要的是──隨時可以再度分道揚鑣，在異地重逢。不過，重要的其實是語言之外的「那個」：

　　　　人家總問寫詩與寫歌有何不同？以鴿養獅？以獅餵鴿？在生物鏈裡這個問題根本不重要。曰小眾曰大眾，既然我也根本從來沒有明白過眾為何物，我可能也有能力把它們寫得更好或更壞但是時機沒有允許。它們就是這個樣子的。其實詞根本根本不重要。貓最重要。貓最重要。那第二重要的是什麼呢？是音樂，有詩為證：

---

[43] 夏宇，〈痛快很痛快樂很快貓最重要〉，夏宇編，《現在詩01：沼澤狀態》（台北：唐山，2001.11），頁164。

[44] 夏宇，〈痛快很痛快樂很快貓最重要〉，夏宇編，《現在詩01：沼澤狀態》（台北：唐山，2001.11），頁164。

在你的葬禮上

有人上台講述生平行誼

你躺著聽

你已經失去任何立場表達意見

只能暗地希望這一整套可以換

另一套配樂

音樂確實改變氣氛

如果不能改變那些人那些話那些

事件和那些裝置

人確實是雜交的

只是不知道為什麼就是會愛上

剩下的也只能交給音樂

那確實就是大家那麼憂鬱的原因[45]

　　夏宇之所以可以不斷變換身分，係因支撐的軸心在於別處──貓與音樂。貓為生活開啟通往神祕經驗的通道，而音樂帶來一種神祕的氛圍，滲入感官當中，給詞以實質的依附對象，給詩以沉浸的契機，是一個包裹般的存在。李格弟乘著音樂而來，引發出夏宇的歌聲──不斷走音、不能稱之為音樂的聲音。

（三）　和諧音與非和諧音

　　在〈舞和音樂〉裡，我們看到音樂與舞互相涉入的狀態，音樂是精神性的、以聽覺感知的存在；舞是肉體性的、以視覺感知的存在，從他們身上也可窺到安尼姆斯與安尼瑪的影子。在詩的開頭揭示出，我們總是無法確定是精神影響肉體，還是肉體影響精神，而且先後順序也不重要：

---

[45]　夏宇，〈痛快很痛快樂很快貓最重要〉，夏宇編，《現在詩01：沼澤狀態》（台北：唐山，2001.11），頁164。

不管是先有音樂再編舞

或是先有舞

再配樂[46]

接下來描繪出音樂和舞的關係：

當大家正打著毛線或拼圖

對現在造成強烈的視覺效果

對未來也相對詮釋了

而就抽象面來說，每一樂音間隔處

所進出的舞，那關係

使得我們的行徑都不像是發明出來的

連我們的出生

連我們要去馬達加斯加這件事[47]

　　根據詩裡的描述，「視覺」和「詮釋」都是具體的，
而「音樂」和「舞」則是抽象的。就理性的層面來談，當
我們接觸週遭事物，會先「看到了」某樣東西，然後對此做
出詮釋；而就感性的層面而言，我們藉由音樂「聽到了」某
樣東西，然後不自覺舞動了起來。音樂與舞的關係「使得我
們的行徑都不像是發明出來的」，而是集體原有的共同樣貌
被觸發了。也就是說，我們的行徑並非源自於個人之所想所
願，自成一格，獨立於眾人，而是共同被某種東西觸發，然
後各自形成不同的樣態。音樂之於舞，氛圍之於身體，皆為

46　夏宇，〈舞和音樂〉，《Salsa》（夏宇出版，台北：唐山發行，2009.02），
　　頁46。
47　夏宇，〈舞和音樂〉，《Salsa》（夏宇出版，台北：唐山發行，2009.02），
　　頁46。

觸發與被觸發的關係，那麼該如何看待處在這層關係當中的
「人」？或許可以參考葉慈〈在學童之間〉的末兩行：

O body swayed to music, O brightening glance
How can we know the dancer from the dance?[48]

　　承接音樂的是「身體」，展現出來的是「擺動的身體」，
其中「擺動」這個姿態從屬於身體，還是作為一個獨立的存
在？「我們怎樣才能從舞當中分辨出舞者？」這樣的問句將
舞——那擺動本身——視為獨立的存在，而跳舞的人身在其
中，屬於舞的一部分。再回頭看夏宇，當音樂進入體內，被
觸發的「人」也是存在於音樂對人體所造成的震盪之中：

　　　　大家都贊成開車去
　　　　實在是一輛爛車。音響還不錯
　　　　音樂也還可以。但為什麼
　　　　我們忽然到了斯德哥爾摩
　　　　我們強烈地感覺被解決
　　　　被空間代換、打發和耽誤
　　　　而也同時那麼想念卡薩布蘭卡
　　　　一切互相推卸
　　　　愛就因磨蹭懸宕
　　　　被發生了當大家深入表面大家是
　　　　那麼強烈意識到結構主義[49]

---

[48] Yeats, *The Collected Poems of W. B. Yeats. Ed. Richard J. Finneran.* New York: Simon & Schuster, 1996, 217.

[49] 夏宇，〈舞和音樂〉，《Salsa》（夏宇出版，台北：唐山發行，2009.02），頁47。

車裡的音樂，使人們到達斯德哥爾摩，暗示他們突然患有斯德哥爾摩症候群。在密閉的空間裡，音樂強迫式地進入耳裡，身體卻沒有排斥反抗，只是「強烈地感覺被解決」，「被空間代換、打發和耽誤」。有「什麼」進駐了身體，身體的內外空間開始翻轉，可不可能與「歌」的狀態做個連結？夏宇認為「位置」是歌的關鍵：

> 詩要說性則有說不盡的性：音樂性建築性視覺性繪畫性電影性舞蹈性生活性社會性乃至空無性彈性蘋果性芭樂性唯心唯物性，奇怪的是，這些也都不與詩真正有關。歌幸好不談「性」，談的是「位置」，劉德華與伍佰定位有何不同，張惠妹適合唱什麼孫燕姿不適合唱什麼，張震嶽可以幹譙而且必須幹譙下去王力宏不可以，趙傳受傷辛曉琪療傷，王菲最好一以貫之什麼也不鳥。[50]

　　流行歌曲是人聲與樂聲的組合，其中「人」是歌曲價值的關鍵。「位置」由人所佔據，根據不同歌手所展現出的相異特質，決定歌的樣貌。人的特質源自於身體內部，所佔據的位置在外部，唱歌這個動作，令歌手將自己的內部顯露出來，並且把外部給她的反應和定位容納進體內。最顯著的內外交換時刻是演唱會，在封閉的室內場所裡，外部空間之有限，裡面的氣氛容易凝縮進入身體內部空間，邏輯思考被暫時捨棄，眾人因這樣的擠壓激發出共同的感官體驗。無論是釋放氛圍的歌手，還是接收氛圍的聽眾，紛紛沉醉於這份共同性當中，集體狂歡，暫時忘卻個體的孤獨感。

---

[50] 夏宇，〈一手寫詩，一手寫詞〉，《誠品好讀》第45期（2004.07），頁54-55。

第四章　作為軸心的「夢想身體」：夏宇跨界行動的再詮釋

流行歌曲通過歌手，將氛圍散播給眾人，眾人之所以著迷於歌手的特質，是因為將他／她們視為部分的自己，所以夏宇說：「我以前很天真以為哎不要吧這樣誤導宰制，後來才瞭消費者根本完全識破而且要的就是這個。他們就是要買齊秦深情陳昇浪蕩而且不要他們改變。」[51]深情的浪蕩的受傷的療癒的，各種特質我們其實都具備，只是需要一一被觸發、擴大。因此，將每一個歌手固定在同樣的位置，才能夠確保那些特質永遠存在，令眾人產生一種錯覺，那就是無論這世界如何要求理性，那些深情的浪蕩的受傷的療癒的特質永遠存在，不會消磨殆盡。

　　樂聲讓某種氛圍充斥在一個空間裡，人的聲帶只能模擬，無法製造，也就是說，那是通過樂器所傳出的「物質的聲音」。人可以導引出氛圍，卻不能製造氛圍，必須借用其他物質，誘使眾人暫時來到日常之外的地方，只屬於感官的世界。人聲則幫助眾人各自與自己的感官連結起來，通道一般，清楚意識到自己「正在被自己召喚」，跟著樂聲所製造出的氛圍走。音樂是空間，歌唱是通道，流行音樂的重要功能，就是將通道建立得寬敞明亮，易於抵達感官空間。而作詞人李格弟及其所作之詞，正是夏宇為抵達詩意所在而建置的通道。那麼通道要做多寬？做何種裝飾？裝設幾盞燈？一切皆須考量到對象的特性，然而對象太過難以捉摸：

> 詩壇論詩時而言及的社會性反映現實企圖等等，寫詩時置之不理，不是不屑，是不解。寫歌時慢慢曲折逼近，有時成功，有時失敗（想要迎合時通常失敗），才發現所謂大眾口味之抽象懸疑，反而變成另一神祕

---

[51] 夏宇，〈一手寫詩，一手寫詞〉，《誠品好讀》第45期（2004.07），頁54-55。

致命之處，怦然心動。[52]

　　詩的神祕在於空間，詞的神祕在於人，這兩種神祕可以匯流成同一種經驗。音樂周旋在兩者之間，給詞以具體的舞台，給詩以逃離自己的管道：「暗暗希望音樂是毀滅性的讓詩可以從意義甚而從詩自己逃離而詩人盡可能地消失。」[53]音樂就這樣毀滅詩的意義，讓詩逃離被規範的自己，而後重生。夏宇認為詩是不該被定義的，而詩人不是生產詩的人，只是詩意的引渡人。

　　回到〈舞和音樂〉這首詩，音樂讓人的內外空間被置換，後來集體瘋狂地匿名書寫、轉寄信件，一如流行歌曲塑造出的集體狂歡狀態，書寫也有那些時刻，透過某些引導，對文字產生了共同的感官傾向：

　　　　意思是你隨時可以參加
　　　　你隨時可以排隊
　　　　用你的行李或網球拍
　　　　像個知道內幕的人
　　　　一天寄出50封匿名連鎖信恐嚇
　　　　每一個收到的人重新抄寫
　　　　50份寄出去而且
　　　　在收信10天之內——

　　　　否則、否則、否則。無邊的抒情死亡拜物
　　　　永久性通信好友。集體

---

[52]　夏宇，〈寫歌〉，《這隻斑馬》（夏宇出版，香港：歐氏兄弟發行，2010.10），無頁碼。

[53]　出自於專輯《IS #1》（台北：五四三音樂站發行，2004.06）。

匿名書寫的瘋狂需要。[54]

　　這裡的「無邊抒情的死亡拜物」，所指涉的是在集體瘋狂的時刻，真實情感的衰敗和物化，徒留對抒情的幻想。那些信，那些字，那些誤以為連成一串的好友們，都是完成幻想的通道。廖咸浩認為夏宇是以形式物質主義顛覆內容拜物主義，[55]馮慧瑛認為夏宇批評抹煞個人特性的集體單一化現象，[56]然而這沒有辦法說明，她寫歌時揣測大眾口味的那般怦然心動，以及企圖以歌抵抗詩的姿態。夏宇真的是在批評集體、顛覆內容的拜物嗎？或者她只是把集體拜物的特性顯露出來，加以形式化、物質化，讓那些幻想被接納？比起抵抗，毋寧說是收編。

　　集體單一化固然使人陷入某種「不是自己」的狀態，擴大欲望，擴大對特定事物的幻想，長成「一模一樣的郵票」，但是郵票的圖案風格一直在變動，集體追求的事物持續遞嬗，這份不確定性跨越了集體和個人，吸引著夏宇。夏宇掌握了兩種性質的流動性，分別是難以捉摸的集體氛圍和無法框架的個人想像，並將兩者匯流在一起：

　　　　不管音樂從機器裡出來
　　　　或是現場演奏大家都感覺
　　　　那舞和舞者都盡可能想把對方
　　　　置於裡面。那些信

---

[54] 夏宇，〈舞和音樂〉，《Salsa》（夏宇出版，台北：唐山發行，2009.02），頁47-48。

[55] 廖咸浩，〈物質主義的叛變：從文學史、女性化、後現代之脈絡看夏宇的「陰性詩」〉，收錄自鄭明娳編，《當代台灣女性文學論》（台北：時報文化，1993.05），頁237-272。

[56] 馮慧瑛，〈剪掉集體論述的雙手：從夏宇的詩看現代與後現代的辨證關係〉（台灣文化研究網站，1995）。網址：http://www.srcs.nctu.edu.tw/taiwanlit/issue4/4-3.htm，2016.05.07查閱。

就找到它們的不光榮面了[57]

　　前文述及音樂和舞，意味著精神和肉體，再連結到寫詞和寫詩的狀態，又可以擴充為空間和通道的關係。無論音樂從外部灌入，或是自內部形成，在這樣一個被氛圍充滿的空間裡，舞和舞者可以指涉歌聲和歌手，或是詩和詩人。一般將舞視為舞者的延伸，被呈現出來的事物若少了平台，也就沒有意義了。而這裡寫到「那舞和舞者都盡可能想把對方置於裡面」，夏宇將「舞」和「舞者」分別視為獨立的個體，被唱出來的歌、被寫出來的詩都脫離了呈現出它們的人，那些「精神的物質」擁有了自主性。

　　也就是說，詩人不把詩當作自己的精神資產，願意與之對話且相融，而作詞本來只是維生的手段，卻被夏宇拿來映照出「詩的樣子」，於是夏宇、李格弟、詩、詞這四個形象交互產生關係，個個都想把對方包含在自己裡面。《夏宇愈混樂隊》是夏宇、詩、詞的雜混，《這隻斑馬》／《那隻斑馬》是夏宇、李格弟、詞的雜混，其他詩集是夏宇和詩合作，其他專輯有李格弟和詞的身影，隨時可以重新組合，形成各式各樣的混聲合唱。

　　音樂既是源頭也是結果，先召喚眾人進行集體想像，再挑出想像裡的不一致，搭出不和諧的合聲：

　　　　在現場演出時的
　　　　自我毀滅傾向一直遭到忽視
　　　　更視而不見的是盡可能地
　　　　尋找不妥善的修辭狀態
　　　　以便於大家之不一致及不和諧的

---

[57] 夏宇，〈舞和音樂〉，《Salsa》（夏宇出版，台北：唐山發行，2009.02），頁49。

直到繳不起房租
把整棟房子放棄
連同房東
（那不一致不和諧之極致的）[58]

　　眾人專注於集體的生命力交融，忽略了自我的毀滅，每
個人的毀滅狀態都不一樣，還是盡可能在不和諧之中尋得平
衡。房子容納了各種不和諧，是一場音樂會進行的場合，為
了支撐這樣的精神生活的空間，需要錢，需要實際的物質，
否則便會崩解。因此，如〈繼續／繼續／繼續〉所述：「我
則被較低檔的神怪附身／令物質發出共鳴／搜集預兆／尋覓
下一個將被鑲嵌的身體／這身體將有某刻以為自己是某靈魂
／而詢問自己：／到底我的靈魂重複鑲嵌過多少身體／而那
一個／現在正在愛著你」[59]精神可以隨時進駐和離去，並不
特別高級也不獨特，只有在與物質達成共鳴的時候，被物質
承認並且收編。而我們很容易在別人身上，也發現到同樣的
精神。在〈無感覺樂隊（附加馬戲）及其暈眩〉當中，夏宇
把樂隊視為「無感官知覺」的，那麼如何能夠奏起音樂呢？
其中一段這樣寫道：

　　又被一陣更強的風吹到一個更陌生的城市種滿葡萄橄
　　欖樹和無花果的城市找到的唯一解釋是音樂是一切。
　　於是我們的樂隊繼續存在用一種絕大的意志力繼續存
　　在馬戲部分則視表演者當日醒來的精神狀況決定。他
　　也無論如何決定要繼續寫他的傳單沿途發送我看到的

---

[58] 夏宇，〈舞和音樂〉，《Salsa》（夏宇出版，台北：唐山發行，2009.02），頁52。
[59] 夏宇，〈繼續／繼續／繼續〉，《Salsa》（夏宇出版，台北：唐山發行，2009.02），頁81。

一些比較不激烈的句子是這樣的：「形式。深沉的形式。密閉的。隨時可以瓦解的。匿名的形式。」有人簡潔地重視形式以輕視細節為榮。我握著我的口琴終於成功地在一個櫃子裡被變走然後在百哩外一個鎮暴隊伍裡出現我驕傲地壓抑地用我的沙漏起誓我極端暈眩我認得的有些蘑菇亦致人如斯[60]

　　「無感覺」樂隊的存在，是因為絕強的意志力，從發送傳單的行為和傳單的內容，可以發現到宣傳和樂隊這個形式的重要性，因為「找到的唯一解釋是音樂是一切」，所以即使「無感覺」也要組成樂隊，需要通過這個形式來尋找感覺、尋找音樂，「找到音樂」的這份期待就是支撐樂隊的意志力。樂隊、專輯、演唱、歌詞、作詞人、歌詞集就這樣共同組成了一個盛裝音樂的肉體，掏空自身，到達「無感覺」狀態，隨時準備好接收音樂，再重新被「感覺」填滿。

▌三、充氣電影院：
虛擬的影「像」與形「象」

　　夏宇最終回歸到「無光」的藝術品與「無感覺」的樂隊中，預備好一個容納視覺與聽覺形象的空間。此空間需要一個實體來顯現，而電影院，正好提供了一整段「無光－有光－無光」、「無聲－有聲－無聲」的短暫時空。那樣的空間使我們在有聲、有光的狀態裡保持專注，觀眾席黑暗而無

---

[60] 夏宇，〈無感覺樂隊（附加馬戲）及其暈眩〉，《Salsa》（夏宇出版，台北：唐山發行，2009.02），頁11。

聲，我們靜默，是為了到聲音和光芒之中喧鬧，那裡面是想像的境地，電影中的世界。我們真實的聲音與形體都暫時失蹤，被投射到電影裡的形象所取代，徒留一雙目光，與電影中的自己相遇。

那麼夏宇拍出「什麼」電影？準備了什麼形象給人投射？

她的新詩集《第一人稱》模擬一間老電影院，底色全黑，並另外製作手工塗刷出紅邊的展覽限定版詩集，當作電影院的紅色簾幕。一揭幕，身為讀者的我們踏入電影院，觸目所及是一張又一張照片，底下分別都搭上一行詩句，好似打上字幕的電影截圖。翻動書頁，老式放映機喀啦喀啦地轉動，文字與圖像搭配而成的詩集，竟就此成為了電影。不過，即使《第一人稱》再怎麼有「電影感」，終究不是一部影像作品，並非「影像詩」。正因維持「詩集」的形式，才能激發出讀者的想像能量，根據照片與詩句所構成的電影畫面，想像有聲音的對白，想像不斷跳動的畫面，這部電影「實際上的樣子」有著無限的可能。一個人翻動著書頁，對著畫面和對白，想像電影正在播放，同時也想像著其他觀眾，於是一個虛構的自己正在一個虛構的電影院裡，看一部虛構的電影。

因此或許可以說，夏宇供我們所投射的形象，即是一個安靜、不斷卡住且畫面自由跳接的「樣子」，並非電影中的某些角色或情節。那個「樣子」啟動了我們對於電影聲音與畫面的想像力，以填補其中的空白。夏宇經常如這般給出「漏洞百出」的事物，在各個詩集中，製造出對音樂、藝術品、影像進行想像的契機。從《備忘錄》一路到《第一人稱》，夏宇從繪製圖像插入詩集，到將詩集設計成一個裝置藝術，最後打造出一座電影院。為了加深「電影感」，還首次為新詩集舉辦展覽，並安排演出。想像的邊界從某一端開始擴張，逐漸蔓延到其他端點，如此不斷擴張、疊合，以詩

句為起點，打開通往音樂、圖像、影像的路，非直接合而為一。也就是說，正是那之間的距離，讓想像有無限延展的可能，如今那個可能性聚集在一個具體的空間──電影院裡，因過於飽滿而易於辨認。

（一）兩個「我」

二〇一三年，夏宇出版《88首自選》，集結之前出版過的詩作。除了難以定位的《這隻斑馬》／《那隻斑馬》之外，她從其他所有詩集中各挑選幾首詩出來，並佐以自己所拍攝的照片，編輯成冊。此詩集涵括夏宇各個時期的詩作，書末列出一張表，表上載明所有收錄的詩作分別出自哪一本詩集，可見夏宇有意將過往的自己整理一遍，做個總結，準備邁入下一個階段。後來《88首自選》再版了幾次，次次都抽換掉部分詩作，彷彿不斷調整自己對過往的詮釋，以求貼近記憶中當時的狀態。

二〇一六年七月，繼《88首自選》之後，夏宇的新詩集《第一人稱》問世，以嶄新的面貌再度登入詩壇。夏宇重塑過去的自我，終於抵達了現在的「我」，詩集《第一人稱》便是重獲新生的姿態。

製作《88首自選》時的夏宇，便已經離開了寫出過往那些詩的自己，她說：「這本選集有點像是被准許離去的人遠觀變化，驚訝於事物自動挑選出的結果，真是奇怪我就是有點不在狀況內也不是故意的，自動挑選，用第一人稱也無濟於事。」[61]看來決定將哪些詩作放進《88首自選》的不是她，她只負責離去，那些詩作准許她離去，如此一來便可以自動排列，跳進「夏宇的自選集」這個框框裡。透過《88首自選》，夏宇將自己和詩作中的「第一人稱」都抽出來，突

---

[61] 夏宇，《88首自選》後記（夏宇出版，台北：布丁紅發行，2014.01），頁185。

顯詩作的自主性，看它們從時間與生命裡竊取出一些什麼。那些軌跡攤了開來，卻不必然與「夏宇」相干。

　　到了《第一人稱》，夏宇重新接近詩，以新的姿態降臨詩中，以鮮明的「第一人稱」形象在詩裡漂移，於是當中全部的詩作皆無詩題，連貫一氣，終歸屬於「第一人稱」這個詩集名稱，那些無主題的詩作串連成一首長詩，似眾多無名的形象集合成一個「非我」的「我」。

　　「第一人稱」是為了向他人表達而存在的「我」，是由真實的自己所操作的「虛構的我」，其動能來自於被選擇過的情節。現實生活中的「我」無法迴避命運，卻能夠為虛構的自己揀選出一些時刻，那些時刻會出現在他人的眼中，而自己也已經透過他人之眼，先行審視過了。不同於第二人稱與第三人稱的敘事角度，第一人稱的「我」把自己和被揀選的狀態明確地切割開來，直接代替真實的「我」發聲，也同時代替每個閱讀者／聆賞者實踐想像。「第一人稱」連結了創作者與每一位閱讀者／聆賞者，全部都在同一個軀體裡，進行想像的體驗。於是當我們進入某部作品的「第一人稱」所處的空間，感覺既私密又公開，分明是孤身一人扮演著、體驗著「我」，卻又意識到那個「我」對任何人開放。每個人分別從不同管道進入，看不到彼此，卻又感覺到自己正在與他人共享一段經驗。

　　夏宇使用「第一人稱」而非「我」當作詩集名稱，展示出形塑「我」的過程，而非形塑完成後的樣子，書寫時，我們會決定使用第一、第二或第三人稱，書寫出來以後，將會以「我」、「你」、「他」的姿態顯現。因此，夏宇意欲告訴讀者，這部作品的「我」仍在虛構中，而我們的「那個自己」也正在虛構中，他們走向我們，等待我們發現兩人之間的差異，時間靜止在這裡。似乎可以聽到夏宇說：「我已經告訴你們，這都是些關於我與『那個我』相遇的瞬間，不要以

為閱讀此書可以『變成那個我』，請準備好與虛構的自己相遇。」於是她詩作的開頭就是：

以搖晃和煙霧產生的第一人稱
我沒有預備準時到達
遲到十分鐘對大部分情境都不是好概念
你不是想過要如何辨識我嗎這就是了
遲到十分鐘我就會為你準時出現

兩張X光片在逆光處重疊
遇見怎麼會就像不曾遇見[62]

　　第一人稱「我」比「真實的我」晚十分鐘抵達，除非後者遲到十分鐘，才能與前者同時抵達。正因他的遲到，真實的我才能辨識出他，辨識出那個容易與自身混淆的「我」。那個我「以搖晃和煙霧產生」，只有在某些情境時現身，短暫而且易於消失。其存在雖然源自於「真實的我」，卻可以獨立行走，甚至理直氣壯地對「真實的我」說話，告訴他「如何辨識自己」。至此，「虛構的我」凌駕了「真實的我」，主導著他們碰面的瞬間：「本來就沒有預備準時到達」、「遲到十分鐘我就會為你準時出現」。他知道「真實的我」需要自己，依賴自己，如此親密，而他們的關係一如「在逆光處重疊」的X光片，「遇見就像不曾遇見」，觸碰到彼此，卻又看不見彼此。
　　相較之下，第二人稱、第三人稱與「真實的我」相距較遠：

---

[62]　夏宇，《第一人稱》（夏宇出版，台北：布丁紅發行，2016.07），無頁碼。

以鬚根分裂的第二人稱
你這麼善於當一個剛剛被認識的人
羊毛大衣上粘著狗毛
從冰箱裡取出冷凍鴿子你的樂隊也很好
第三人稱大概是逆向迎面而來

比我更模糊更遮蔽的就是他了他的汗水淚水和血
他難道也喜歡海水嗎他一個人就有了全部的海水[63]

　　真實的我與第二人稱「才剛認識」，產生一些聯繫，對彼此不甚了解，或許相處多了，他們會逐漸熟識起來。而第三人稱僅僅是「逆向迎面而來」，他們無意中偶遇，沒有其他的關聯性，「他」是一個完整的陌生人，「比第一人稱更模糊更遮蔽」，「一個人就有了全部的海水」。唯有「第一人稱」與真實的我相約，亦即，「我」與「我」有著更加緊密的聯繫，彷彿終日背靠著背，被視為一體，卻總在某些時刻往不同的方向走，共同抵達某處，虛構的我預計遲到，以作為相認的標誌。真實的我將會因為這段時間差，領悟到對方虛構了自己的事實，那是一段虛構所需的時間，亦可視為醞釀想像的期間。一旦虛構的我抵達，真實的我意識到那份虛構已不再從屬於自己，而是一個超越自身的獨立存在。他說：「遲到十分鐘我就會為你準時出現。」此刻真實的我只能配合，必須等待對方的到來，或是將自己的時間調整到與對方相同。

　　「第一人稱」生於「我」，是「屬於我」的存在。他離開「我」，成為「非我」，最終以獨立之姿與「我」重逢，成為「超越我的我」。經此番歷程，主體成為巴舍拉所謂雙

與日常碎片一起漂移

204

---

[63] 夏宇，《第一人稱》（夏宇出版，台北：布丁紅發行，2016.07），無頁碼。

重的存在——我們與我們的化身：「最接近於我們的存在，
我們的化身——我們的雙重存在的化身，在何等的交叉投射
中獲得了生氣！」[64]而《第一人稱》這老電影院的形象則是
動能的所在，驅動了「雙重意識的我」。當老式放映機一張
一張播放，底片與投射出的影像共同合作，觀眾的目光所觸
及到的盡是「底片的化身」。光從放映機中出發，到投影的
螢幕上，最終抵達我們的目光中，電影院中的我們是詩人的
雙重意識抵達之處。

（二）虛擬的電影

　　《第一人稱》以黑色的書頁印製，意味著電影播放時
那黑漆漆的影廳，書頁上有一張張照片，照片底下都印上一
行白字，中英並列，像是電影畫面。照片皆為夏宇近兩年在
法國所攝，出自一台自免稅店購入的相機。她提及照片串連
的契機：「一天在整理照片的時候，突然發現這些照片彷彿
有某種共通性，例如速度、搖晃……這中間又彷彿呈現出某
種真實性。」[65]此與詩集的第一個詩句相互契合：「以搖晃
和煙霧產生的第一人稱」，於是或許可以說，夏宇從那些相
片裡，發現了自己的另一個存在。拍攝的當下，她透過鏡頭
——非屬自己的眼睛——看到夢想中的景象；瀏覽照片的時
刻，她看到夢想中的自己，那個「第一人稱」搖搖晃晃，無
法被抓取或定義，在雙重的目光之中現身。

　　當我們翻動書頁，老式放映機喀啦喀啦運轉，不太連貫
的電影畫面一張接著一張播放，如夏宇在後記的開頭所述：

---

[64] Gaston Bachelard著，劉自強譯，《夢想的詩學》（北京：生活・讀書・新知
　　三聯書店，1996.06），頁104。

[65] YannYang，〈【專訪】慢速奔馳的第一人稱，夏宇回來了〉，《The News
　　Lens關鍵評論》，2016.08.04，藝文。網址：https://www.thenewslens.com/
　　article/45691，2016.10.01查閱。

詩是情詩歌是輓歌照片是壞照片
書的設計模擬一間專放老電影的老電影院
這詩與影像的結合希望被當作一部尚未開拍的電影的
劇照看待[66]

　　這些字句前面並未明確標上「後記」二字，黑色底上一行行的白字，像是電影正片播映結束後跑出的工作人員列表。「這詩與影像的結合希望被當作一部尚未開拍的電影的劇照看待」，既是「尚未開拍」，何來「劇照」？確實，那些照片的產出原是無關電影、無目的性。夏宇提到：「我拍照沒有任何預設立場和動機，完全隨性。心裡被什麼觸動就拍下來，拍的時候也並不知道要做什麼用。」[67]其後從中挑選出一些，填上相應的詩句，儼然為劇照填上相應的對白。也就是說，這部「電影」先產出畫面，再依畫面構思情節。但那些「情節」不必然與畫面相關，夏宇如此描述兩者之間的關係：「那些詩句也不一定和照片相關，文字和照片之間是非暴力的關係，它們完全有機的生長。作的過程中只覺這本書不停在長，在找自己的形狀。」[68]夏宇是無本可循的剪接師，剪接一些沒有經過安排的片段，由詩句賦予意義。那些詩句同時屬於自己和對應的照片，並不只為照片存在，這一點從《第一人稱》附帶的小書得以觀之，裡面有詩集中所有的詩句，唯照片消失，亦即，當照片出走，為照片而生的詩句依然可以獨立存活。

66　夏宇，《第一人稱》後記（夏宇出版，台北：布丁紅發行，2016.07），無頁碼。
67　YannYang，〈【專訪】慢速奔馳的第一人稱，夏宇回來了〉，《The News Lens關鍵評論》，2016.08.04，藝文。網址：https://www.thenewslens.com/article/45691，2016.10.01查閱。
68　YannYang，〈【專訪】慢速奔馳的第一人稱，夏宇回來了〉，《The News Lens關鍵評論》，2016.08.04，藝文。網址：https://www.thenewslens.com/article/45691，2016.10.01查閱。

有意思的是，夏宇也實際使用影像，展現出照片與詩句若即若離的模樣。她為《第一人稱》辦了一個裝置影像展《慢速奔馳》，展場中擺放著一個黑盒子，投影出詩集中的照片，下方則設置兩列跑馬燈，一列是往右滑動的中文詩句，一列則是往左滑動的英文詩句，彷彿錯身而過的真實與虛擬這兩個「我」，質同而形異。這裡的照片隨機播放，將文字與照片的「非暴力關係」拓展得更大，夏宇將此裝置視為「小型電影院」，把《第一人稱》書籍設計的概念具體展現出來。如果《第一人稱》是剪接過後的正片，那麼此裝置即是「正在剪接」的模樣，可說是剪接的幕後花絮，引導讀者／觀眾感受照片與詩句搭配的隨機性，再次強調此為「尚未開拍」的虛擬電影，劇情可以遵照觀眾的意念隨意更改。

　　因此，《第一人稱》這一座電影院，播放的不是「虛擬的世界」，而是「虛擬的電影」。電影院的角色從「入口」轉為「放映機」，取代了電影的位置，觀眾成為演員，「電影播映的當下」成為電影內容。此時的電影院由靜轉動，因觀眾的到來才「開拍」，它的形象可以用「充氣電影院」代換嗎？

　　《詩六十首》當中的〈記一座充氣電影院〉，後記述及本詩的發想為巴黎夏末的露天電影節，觀眾躺在草地上看電影，其中幾句寫到「電影院」在觀眾面前從無到有的模樣：「眼看地上一大攤乾癟的塑膠物慢慢充氣／跟夜晚降臨的速度一樣很慢很慢地充飽了氣施施然站起／成一巨大銀幕」[69]觀眾先抵達，電影院才姍姍來遲，因親眼見證它的遲到，而感覺到它的活力。那塑膠物從乾癟到充滿氣體，主動來與觀眾相會，而不是一直佇立在同一個地方，等待觀眾的到來。這「遲到的電影院」與「遲到的第一人稱」形象疊合在一

---

[69] 夏宇，〈記一座充氣電影院〉後記，《詩六十首》（夏宇出版，香港：歐氏兄弟發行，2012.05），頁126。

起，作為觀眾的眾多的「我」成為他們的一環，被充氣、被扮演，我們躺著，而「我們的化身」與他們一起站著。於是，電影的播映關鍵不再是電影，而是電影院；放映中的電影可以不存在，而電影院不行。

（三）詩人與象

在《第一人稱》的後記中，夏宇將詩與影像的產物比擬為「象」：「這詩與影像的結合希望被當作一部尚未開拍的電影的劇照看待／那隻象不停分裂不停繁殖除不盡的 π 拍不盡的象」[70]而這本詩集的封面，正是 π 變成「象」的歷程：

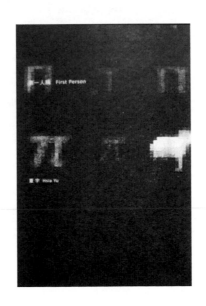

《第一人稱》封面直接賦予語言符號一個形「象」，由靜轉動，走到讀者眼前，無疑是「字的物質化」的最佳典範。這不正好同時顯現出夏宇的「肉」與「字」嗎？而這詩

---

[70] 夏宇，《第一人稱》後記（夏宇出版，台北：布丁紅發行，2016.07），無頁碼。

與影像結合，也就是讓讀者不斷觀看形「象」的溢出，字變軟變膨，以鮮活的樣子走動。

前文述及讀者是這部「電影」的演員，在讀者涉入之前尚未開拍，那不是事先拍攝完成的影「像」，不是重複播放預先設定好的軌跡，而是在播出的那一刻才開始走動。當觀眾凝視著照片與文字之間那飄浮不定的關係，彷彿看到一隻擁有自我意識的「象」，人不在裡面操控牠，而是在外面凝視著，牠自由奔馳，不斷自主地分裂繁殖，未有盡頭。不過「象」本由「像」生，即使脫離人為的操控，依然與人有某種關聯，唯自所屬物品、從屬關係轉為對等關係，亦即，從「影像」到「被我凝視而存在的小象」，再到「那隻象」。

我們可以從〈二輪電影院〉一詩中，看到夏宇如何描寫「象」的產生、人與象的互動以及雙方關係轉變的歷程，企圖探尋一些人們未曾注意過的經驗形式。

〈二輪電影院〉描寫一家不斷倒閉又不斷開張、每年重新裝潢的二輪電影院：「二輪電影院不斷倒閉不斷開張／拼圖中有那匱乏一塊不停移動／二輪電影院唯新是鶩／每年重新裝潢」[71]。「我」將自己鎖在不斷轉換狀態的電影院裡，念起自己的詩：「我在二輪電影院裏念詩／關閉電燈開關把出口封死／有事懸而未決／有物不在其內／濃密黑暗被一點光稀釋」[72]，於是「念詩的動作」成為在電影院中上映的「電影」，是漆黑裡的光亮來源。這裡的詩句具體展現出《第一人稱》詩集的「模樣」——在老舊的電影院裡念詩，而在新書發表會上，她確實在一個關了燈的小空間裡念詩，眾人也確實買票入場，做了她的觀眾。

---

[71] 夏宇，〈二輪電影院〉，《詩六十首》（夏宇出版，香港：歐氏兄弟發行，2012.05），頁59-60。

[72] 夏宇，〈二輪電影院〉，《詩六十首》（夏宇出版，香港：歐氏兄弟發行，2012.05），頁71。

這是夏宇生平第一場新書發表會，展開為期一週的裝置影像展《慢速奔馳》，並且與台原偶戲團合作一場開幕演出《互相觀看導致陌生》。畫面、音樂、歌曲由劇團安排呈現，夏宇則身穿黑衣，立在一旁念詩，以有造型的麥克風擋住自己的臉孔，她以為「詩和詩人都應該占據很小的空間」。[73]那一刻，詩只以聲音的形式存在，搭配著舞台演出，「畫面」確實據著較大的空間，詩的聲音未佔據任何空間，卻主導了整場表演。詩的聲音是詩的「腹語」，是詩的「另一種形象」，在新書首度發售的那天，未能翻閱新詩集之前，夏宇選擇以詩的「另一種」形象入侵到我們裡面，儼然成為正式閱讀詩作之前的「預告片」。而在〈二輪電影院〉中，「預告片」是一頭公象：

> 預告片是一頭強勢公象
> 與一頭隨時可以發情的母象交配
> 二十二個月後小象出生
> 通常小象在落地數分鐘後即可行走
> 但這隻遲緩小象不行[74]

　　預告片是電影的濃縮再製版，剪輯的手法會擴大視覺與聽覺的刺激，瞬間的能量爆發如此強勢，在短暫的播映時間內侵入我們的身體。而我們的身體是母象，持續「發情」，無時無刻感知並探索週遭的事物，隨時準備接收能量。預告片的存在是為了讓我們對於正片產生某種初步的感受，誇大甚而重新詮釋正片。正是與正片有些許差距的形象率先敲

[73] 孫梓評，《自由副刊》，2016.07.21。網址：https://www.facebook.com/libertytimesliterature/photos/a.373975856135751.1073741828.373966349470035/546689235531078/?type=3&theater，2016.07.22查閱。

[74] 夏宇，〈二輪電影院〉，《詩六十首》（夏宇出版，香港：歐氏兄弟發行，2012.05），頁58。

開了我們，播放正片時，才會注意到裡面不只有脫離「人」
的「象」，還是隻「預告片」與「我們」共同催生出的「小
象」。

　　遲緩小象與其他小象不同，可能誕生於播放時不斷卡住
的正片中，如老舊的電影總像一張張快速切換的相片，此時
比起影片內容，影片中的「空隙」更加重要。連貫的影像被
切割成一塊一塊畫面，畫面與畫面之間沒有「像」，只有在
黑暗中靜止不動的「象」，牠不是「正常」的狀態，無法行
走，無法正常與觀眾接觸。這樣的遲緩小象經常被視為一種
干擾，唯有詩人能接納，收養與眾不同、不合理的牠，帶著
牠游泳：「如果遠遠有一個浮標移動／那是我帶我的遲緩小
象游泳」[75]。

　　再看到《第一人稱》，意義不明的照片在詩人的串連
下，形成以獨特方式移動的鏡頭，為我們開啟全新的凝視
路徑。夏宇是這部片的第一個觀眾，無目的性拍攝出來的照
片擺在一起，無疑是一堆難以找出脈絡的片段，然而詩人
如她，發現了蹲踞在其間的遲緩小象，開始以詩句引導牠游
泳。間隔一些時日，我們走進詩人曾走進的那家電影院，此
時的遲緩小象已學會游泳，牠「游」到我們眼前，投射出夏
宇的存在。

　　詩人之獨特，在於能夠帶領「遲緩小象」去經驗自己
的經驗，那些無法事先認知到的經驗路徑。可以正常行走
的象，即使沒有人的掌控，仍然走在穩定的軌道裡，知道自
己正在進行走路的經驗，這是理性認知世界的經驗；而遲緩
小象比起認知，更傾向於透過漂移來感覺世界，漂移的路線
這麼難以掌握，似乎無法歸納成「某某經驗」，然而再回到
《第一人稱》的後記：

---

[75] 夏宇，〈二輪電影院〉，《詩六十首》（夏宇出版，香港：歐氏兄弟發行，
　　2012.05），頁61。

對漂移來說那就是經驗

對經驗來說迫切需要的是再經驗

對詩來說它就像捕獲的雲

對雲來說反正要散去[76]

　　「對漂移來說那就是經驗」，所有不能化約的「那個」都是漂移的經驗，其存在的意義在於讓某些不可見的經驗轉為可見。「對經驗來說迫切需要的是再經驗」，因此，漂移不是一種被定義好的經驗，而是「正在經驗中」的經驗，這擴大了經驗的可能性。

　　如何不斷重新再經驗，而不被既有的經驗束縛？〈記一座充氣電影院〉提及「除了擁有足夠經驗還不夠／還必須沒有足夠經驗」[77]，意指「擁有」與「沒有」足夠經驗兩種必須並存，且先要擁有足夠經驗，再把那些經驗消除，以重新去經驗。〈二輪電影院〉中的詩人收養了「沒有經驗」的遲緩小象，在帶領牠游泳的過程中，再次經驗自己。經驗的有無分別站在兩端：「牠一副很沒有經驗的樣子／我一副很有經驗的樣子」[78]，質性相異的雙方互相碰撞，詩人捕獲了牠，牠則不斷汲取詩人的經驗，鼓動詩人不斷進行經驗的循環。

　　此循環亦可見《第一人稱》的後記，詩捕獲了「要散去」的雲，如同我們捕獲那些「隨時可以沒有經驗」、「要去經驗」的經驗。其實所捕獲到的這些都是「不停分裂不停繁殖除不盡的 π 拍不盡的象」，都是那會游泳的遲緩小象，那自行分裂、繁殖而沒有盡頭的「想像能量」：

[76] 夏宇，《第一人稱》（夏宇出版，台北：布丁紅發行，2016.07），無頁碼。

[77] 夏宇，〈記一座充氣電影院〉，《詩六十首》（夏宇出版，香港：歐氏兄弟發行，2012.05），頁118。

[78] 夏宇，〈二輪電影院〉，《詩六十首》（夏宇出版，香港：歐氏兄弟發行，2012.05），頁74。

抱歉面對我的遲緩小象

我必須不停討論經驗

為了讓我的遲緩小象也能

若無其事長大

我必須不停討論經驗[79]

遲緩小象不斷分裂、繁殖，當想像的能量不停運作，需要接收並激發它的「我」來承載，「不停討論經驗」，給予想像力發揮的空間，不受阻擾地持續擴大。換言之，「想像經驗」屬於遲緩小象，詩人「我」只是個輔助者：

我只是為了

跟我的遲緩小象討論經驗罷了

對於游泳我知道的

絕不比我的遲緩小象更多[80]

游泳是遲緩小象的全部，因為游泳而有存在的價值，牠是「想像的形象」，游泳的潛能雖然由詩人激發出來，卻是始於小象的「遲緩」。遲緩意味著難以自動感應、吸收他人的經驗，在常人眼裡是一種缺陷，然而對於詩人而言，牠可以隨時處於「無足夠經驗」的狀態，容納各方的動能，其存在不因詩人而有之，唯因詩人而展現出形象。或可將之比擬為柏格森所論及現實影像與虛擬影像的交會，遲緩小象立於那個交接點，將虛擬的記憶圖像投射到物質平面上，產生「虛擬的現實化」。這個投射的動作一如夏宇所拍攝的「虛

[79] 夏宇，〈二輪電影院〉，《詩六十首》（夏宇出版，香港：歐氏兄弟發行，2012.05），頁65。

[80] 夏宇，〈二輪電影院〉，《詩六十首》（夏宇出版，香港：歐氏兄弟發行，2012.05），頁73。

擬的電影」，現實的知覺與虛擬的記憶纏繞在一起，形成一個共存循環，由她所創建的「電影院」承載。德勒茲以「夢境－影像」解釋該循環的無限懸宕，從片刻的回憶進入永久的想像之中，而這些想像最終都收束到一個起始點上，由遲緩小象的形象展現。

　　夏宇這一座電影院存在的意義，與其說是播放「虛擬的電影」，或是提供知覺與記憶纏繞交會的場域，不如說是為了讓遲緩小象的活動「被察覺」。當那循環所引致的想像開始不斷漂移，需要一個空間將之圍於其中。我們的軀體與知覺靜止在裡面，維持同樣的姿態，遲緩小象從我們體內出發，前去鬆動影像中的「人」，深入影像中的夢想，最終回返。我們必須是一個靜止的「點」，想像力才有可以回返的地方。而這趟沒有邊界卻有終點的旅程，正如〈與動物密談（三）〉：

　　　　關於反面。
　　　　一座可以容納數億人的大劇院裡
　　　　階梯成幾何級數往不可知的黑暗排列
　　　　階梯上一個接一個橫生的座位每個位子
　　　　都坐滿了看電影的人一面巨大的布幕
　　　　懸掛在劇場中央放映的片名
　　　　叫做「事物的狀態」布幕的另一面
　　　　也如同這一面有著無以計數的階梯
　　　　無以計數的座位無以計數的人坐著
　　　　在看同一部反面的電影[81]

　　對夏宇而言，想像所及之處便是「當下」，所以影像裡

[81] 夏宇，〈與動物密談（三）〉，《腹語術》（現代詩季刊社出版，台北：唐山發行，2003.03），頁17。

面有著跟當下的我們同樣的景觀，唯一的不同是布幕的面。亦即在生活中，我們同時擁有兩條完全相反的軌道，實際的經驗與想像的經驗，「事物」在這兩種經驗中呈現出不一樣的「狀態」。當我們嘗試理解每一個畫面之間的邏輯，是在對過往經驗進行慣性的回憶，回憶某些事帶來的感受，進而理解現在，這樣的模式並非真正體驗當下，那些回憶也只是不斷往復循環而無生氣。當我們願意去感覺那些畫面，此時所喚起的回憶才會以嶄新的姿態現身，而這個姿態是實際經驗的反面──「想像的經驗」。

　　想像的經驗從來不被困在一段固定的過往時間裡，而是在反覆的回溯之中挖掘出來，巴舍拉如此描述：「為豐富我們單調的夢想，為向那些一再重複的『純粹的回憶』注入生氣，我們能從詩人為我們提供的『變奏曲』中得到多麼大的幫助啊！」[82]

　　於是當夏宇立在黑暗的空間裡念詩，配上音樂，我們以為那些咬字、那些內容都是旋律的一部分，跟著搖擺、晃動，不去想像詩的聲音與畫面，而是置身其中。在《第一人稱》的新書發表會上，念詩結束，一次想像的旅程結束，馬上又要迎接新的開始。翻開《第一人稱》，將會重新回到詩人念詩的當下，已結束的想像經驗與進行中的想像經驗匯合在一起，影響著彼此。於是已結束的「回憶」成為還保有活力、隨時可變動的記憶；進行中的想像動作一再涉入過往，豐富了自身，與過往同步前進。

　　讀者一次的想像經驗在詩人的帶領下完成，將會期待下一次，期待下一個開始。假如沒有結束，將無法持續為記憶帶來新的活力。至此那些成為音樂的詩語言，不再是不斷重複的單調聲響，而是一場又一場嶄新的樂曲，在在牽動著

---

[82] Gaston Bachelard著，劉自強譯，《夢想的詩學》（北京：生活・讀書・新知三聯書店，1996.06），頁134。

我們與小象的互動。我們都會在某些時刻產出屬於自己的小象，卻難以把握牠，而詩人知曉如何把牠圈在意象當中，如《第一人稱》裡的一段詩句：

是的有物要置放有敘述要延遲有衷情要傾吐
大衣口袋裏我還有一整套象形文字
一種恍惚找到出口需要幾個水字的部首
關鍵字是享樂不足的示弱皇后豢養的象
地表上一隻隻象走向地表上另一隻隻象

誰把象帶進迷宮象進入意象終於再無法逃離
他蒙我們的眼睛牽我的手走進迷宮摸那隻象[83]

所謂「象形文字」，係指描摹實物形狀的文字。當那「象形文字」從大衣口袋裡找到出口，藉著水的輔助漂移出來，意味著「我們的象」順著語言的規則轉變，漢語的「象」就這樣自物體的「形狀」走出來，變為實體的形象──實在的「象」。「地表上一隻隻象」是語言的「原始形象」，而「地表上另一隻隻象」則是想像的形象，當兩個形象疊合在一起，便進入「意象」，亦即以語言的原始樣貌去形構想像的形體。詩人擁有疊合的能力，帶領我們觸及那隻「圈在意象內」的象。

巴舍拉言道：「詞有時並不忠於物，它們這些詞試圖從一物到另一物，建立起夢幻一般的同義詞。人們總是用視覺幻象的語言表達對物體的幻想化。但對詞的夢想者而言，語言本身已作出某些幻想化活動。」[84]對夏宇而言，語言本

---

[83] 夏宇，《第一人稱》（夏宇出版，台北：布丁紅發行，2016.07），無頁碼。
[84] Gaston Bachelard著，劉自強譯，《夢想的詩學》（北京：生活‧讀書‧新知三聯書店，1996.06），頁64。

身即是可以主動進行想像的「象」，「地表上一隻隻象走向地表上另一隻隻象」，這是語言本身的活動，並非詩人所操控，她所做的只是「把象帶進自己的房裡」：「詩人的房裡充滿了詞，充滿了在影裡徘徊的詞。」[85]詞在夏宇的房裡成為意象的一環，象待在其中，好讓我們進房觸碰，我們將藉由這份觸摸，學著去感覺那隻屬於自己的小象，與之互動。

在〈失蹤的象〉一詩中，夏宇的「象」初次以鮮明的姿態登場，她把「象」字還原為各種不同的圖像，乍看之下是語言被圖像所取代，但事實上是歸返語言的本真。當語言已然成為被理性役使的工具，必須重新去感受原本的形體，才能把語言推向更廣闊的未來。從〈失蹤的象〉單一個字替換，安靜顯露自身的「象」；到《摩擦・無以名狀》詞語重新組合，轉變過後的「群象」；再到《粉紅色噪音》整本詩文字交叉重疊，集合而成的「大象」；然後是現在《第一人稱》那成為影像字幕的語言，不斷漂移的「象」。在這一段歷程裡，「象」逐漸長大，日趨立體，由靜轉動，藉由聲音與圖像雙向的萃取，語言的形象更加豐富立體，在「電影院」裡凝聚為一隻完整的「象」。

我們也實際進到「電影院式」的空間，初次與他人同時進入「夏宇的房裡」，共同觸碰那隻象，然後紛紛召喚出自己的小象。一時間，幽暗的密閉空間裡充滿了太多隻象，卻一點都不壅塞，邊界不斷擴張，猶如一場「降靈會」，一切語言皆以全新的面貌降臨。見〈降靈會III〉[86]：

---

85 Gaston Bachelard著，劉自強譯，《夢想的詩學》（北京：生活・讀書・新知三聯書店，1996.06），頁64。

86 夏宇，〈降靈會III〉，《腹語術》（現代詩季刊社出版，台北：唐山發行，2003.03），頁45。

降靈會 Ⅲ

梅洛－龐蒂言道：「關鍵是不再談論空間與光線，而是使在那裡的空間與光線說話。」[87]此處的言語並非由我們道出，世界給予我們一種全新的語言，以空間和光線作為通道，透過那夢想的身體，傳遞到我們的體內，彷彿回到孩提時期開始識字之前，回到遠古時期根據萬物形象來造字的當下，不必理解，只需要讓形象進入我們，便感到充實。

[87] Maurice Merleau-Ponty 著，劉韵涵譯，《眼與心：梅洛－龐蒂現象學美學文集》（北京：中國社會科學出版，1992），頁783。

第五章

結論：關於沒什麼的一位專家

在夏宇的官網裡，除了「消息／出版」、「現在詩」、「翻譯」、「詩集」、「音樂」等尋常分類名稱，另外還有「一個關於詩的想法」、「圖片：一個不斷生長的廢墟」、「展覽－聲音與顏色」、「為牠朗讀」等項目。這些作為「類目」而非文章「標題」，可窺見夏宇著重的部分：詩的想法、圖片的死與生、聲音與顏色、或許指涉貓與狗的「牠」。那些類目裡的篇章（些許文字、圖片、錄音）並不多，在少數幾篇放上的詩作中，〈我是關於沒什麼的一位專家〉放到兩個類目中，分別是「一個關於詩的想法」和「圖片：一個不斷生長的廢墟」，詩作旁都有張半臉的自拍照，內容是這樣的：

　　　　是，請寄發我雙週
　　　　時事通訊被裝載美食
　　　　鍛鍊和減重
　　　　祕密，是，請寄發我
　　　　特價優待，促銷
　　　　贈券並且免費
　　　　樣品從贊助商
　　　　是，我將答覆訊息如下
　　　　確定我的適用性為這項
　　　　研究，如果我不尋找
　　　　為我自己我將答覆這些問題
　　　　代表人員
　　　　為誰我尋找
　　　　所有資訊我進入將保留
　　　　專用，我將想要給它時刻
　　　　釀造
　　　　是，技術

是一件美好的事[1]

　　或許可以將這首詩視為夏宇對自己的「定位」：關於
沒什麼的一位專家，前半部盡是些生活瑣事，極其平凡的
那一種，當「我」「收到」那些生活，開始在其中尋找一些
什麼，把時刻給予生活，釀造出一桶一桶流動的當下。「我
將想要給它時刻／釀造」是多麼安尼瑪的狀態，然而釀造的
「技術」需要安尼姆斯，她說「技術是一件美好的事」，因
為那是一項讓安尼瑪現形的「技術」。那麼夏宇所謂「關於
沒什麼的專家」，其實是指賦予「沒什麼」一個形象的專業
技術人員。

　　夏宇的夢想就是對於「沒什麼」的夢想，厭倦失去光
芒、僅剩空殼的形象，因而在在進入那些空無、遺失、遺
忘……裡面，在無光的空間、無感覺樂隊、虛擬的電影院裡，
誕生出新的夢想。因此，我們看到那厭煩的源頭，帶著光：

　　厭煩初始，帶著光
　　溫暖　神聖　溼潤[2]

　　夏宇那突破、顛覆意圖的初始，是「溫和的夢想」，
她張開自己的身體，容納各種物質的夢想。她無疑是個夢
想者，不過與其說詩人對著世界夢想，不如說她將世界迎進
來，加入世界的夢想──包括機器的夢想。於是夏宇成為安
尼姆斯，成為那旋轉的固定軸心，安尼瑪那夢想中的歌聲圍
繞著她，突然到來的「當下」固定在那裡很久很久，當下的

[1] 夏宇，〈我是關於沒什麼的一位專家〉，《88首自選》（夏宇出版，台北：
　布丁紅發行，2013.01），頁102。
[2] 夏宇，〈夢見波伊斯〉，《Salsa》（夏宇出版，台北：唐山發行，2009.02），
　頁16。

空間展開。夏宇的肉體成為牆壁，匯聚孤獨，被那孤獨的形象穿過，在虛擬的電影院裡，專注於光與聲音，語言的夢想誕生，以遲緩小象的形象漂移著，想像經驗從詩裡來到詩外，回返日常。

　　歷經了多次迴旋，我們重新把空間與夢想攤平，分別觀看兩種因子在夏宇詩中的模樣。詩裡的空間顯現了夏宇向內凝聚並且向外擴張的歷程，從臥房開始。那臥房通往自身的許多個時間點，隨著城市的道路去到各個過往，找尋失落的當下，而且不斷重新開始找尋，未有停止的時刻，如此往復循環，逐漸趨近夢想。接著夏宇藉由椅子，讓人與空間產生共鳴，並且與其他人的空間記憶銜接起來，所有到過同樣地方的人們，共享留在那個當下的記憶，是超越個人經驗，可以相互融通的想像經驗。

　　從發現到找尋，再到凝聚當下，在一室內空間裡凝聚的同時，窗戶提供了向外擴張的管道。孤獨向內凝聚，然後向外溢出，跟隨我們去「旅行」，在異地更加靠近彼此。當我們正在旅行，自一點移動到另一點的途中，身處一短暫的空間──車廂──當中，這樣移動中的空間令凝聚與擴張的形態更加鮮明。分明是空間帶著我們移動，窗戶裡邊卻彷彿是靜止的；窗外的世界仍在原地，看出去卻有「飛速移動」之感。此刻，車廂與我們成為共同體，一起想像，夢想的形象在窗外無限擴大，抵達神祕。

　　在那神祕之中，夢想的安尼瑪歌唱著，通過舌頭，吐出音節，吐出不斷重複、充滿節奏性的字，圍繞著安尼姆斯──其他那些具有「意義」的字詞，分歧的兩者在「夢想中的化身」的存在裡和解。作詞人李格弟、機器詩人Sherlock、第一人稱的夏宇都是夏宇在不同區塊夢想的化身，必須保有那些獨立的存在，她才不會困在「詩人夏宇」的角色裡，逐漸隱沒。詩人不斷重啟旅行，一次次朝向她的

化身，以鞏固自身的存在，確保詩中安尼瑪的形象足夠鮮明，儼然純化的過程。

安尼瑪的歌聲是促進純化的物質——那塊明礬，在人與物因對視而融合的目光中展開，晚餐時刻，收束到一盞燈所投向的餐桌上。白日的夢想從日常瑣事中甦醒，探尋神祕，而後再降落回日常裡。更晚的時候前往宇宙的海灘，為遺失自我的夜夢帶來白日的夢想，將遺忘的形象嵌入夜夢中那塊空缺的位置，淨化了混濁的夜，銜接了白日的夢想與夜晚的夢。夏宇便是在這兩端旅行之人，觀看夢遊者的狀態，似整夜不寐之人，對著夢遊者——那些無意識移動中的作夢者——夢想，此時的夢遊者無疑是那些「遺忘的形象」，或許是那「兩朵雲」：「寫詩的我多麼像那位設備簡陋全憑目測加上想像力的氣象員阿，描述兩朵雲正在互相穿過像兩個夢遊者擦身而過。」[3]夏宇在夢想中見到他們，讓他們的相遇發出聲音：

> 詩人捕獲一堆雲
> 搞裝置的人把雲堆在洗衣機裏
> 做噪音的人把洗衣機開關打開[4]

在一陣極其日常無聊的旋轉及其產生的噪音之後，雲會滲入生活的縫隙，如此便不再美好，也不再富有神祕的魅力。洗衣機攪散了雲，多麼強大而無謂的破壞，一如夏宇對《摩擦‧無以名狀》與《粉紅色噪音》所做的事，但是看到接下來的《Salsa》和《詩六十首》，宛如重生，分別來到了「厭煩生活」以及「不厭其煩的生活」的階段。每破壞一

---

[3] 夏宇訪談，〈一手寫詩，一手寫詞〉，《誠品好讀》第45期（2004.07），頁54-55。

[4] 夏宇，《第一人稱》（夏宇出版，台北：布丁紅發行，2016.07），無頁碼。

次，便開始以全新的姿態看待生活，那是一場等待被淨化的夢，並非引號的「不」，而是括號的（不），那否定顯得圓潤而不尖銳，飄移而不固定。

巴舍拉言道：「在夢想中非我不復存在，在夢想中，『不』不再起作用：一切都可接受。」[5]夏宇用（不）取代了「不」，厭煩的厭煩的厭煩……，（不）的（不）的（不）……，無止盡疊加的否定令自身日趨模糊，反而擴大了「是」的範圍。在洗衣機裡旋轉乃至分散的雲，為生活中的每一個事物添上顏色，它不再是夢想的「對象」，而是我們的一部分，隨時都能夠「抵達神祕」，能夠在噪音裡發現和諧的歌聲。

而在遮蔽與顯露、消失與現身之間，總有一對戀人在那裡。夏宇以安尼姆斯的姿態，迎接安尼瑪的語言，當她如此繞道男性，再回到女性之時，這個「女性」已不再是原本的樣子，具有完全的陰陽同體性質，超越了生理女性，真正成為了「安尼瑪」——那女性的形象。安尼瑪的詩也以安尼姆斯的姿態，迎接世界的安尼瑪，再經由與繪畫、音樂、電影之間分別建立的通道，以眼睛與耳朵接收來自世界的形象，返回到更完整的詩——那些離題得相當精準的詩。

世界的安尼瑪在當下空間裡現身，當下空間自時間的縫隙中展開，是凝聚起來的瞬間。夏宇言及「時間如水銀落地」，水銀落地後會聚集成一顆一顆的小珠子，只會破碎不會消失，這是記憶的片段。接著她表示其實真正想表達的是噴泉，噴泉只在噴出的瞬間存在，落地就成為普通的水漬，「噴泉」則是澈底消失了，只能下一次重新噴出，這就是當下。我們無法將當下蒐羅起來，保存在某一處，只能夠不斷「重新開始」，重新發現過往許多個當下，就像每一次泉水

5　Gaston Bachelard著，劉自強譯，《夢想的詩學》（北京：生活·讀書·新知三聯書店，1996.06），頁212。

噴出,會串連到過往所有噴出的瞬間。而空間如噴水池,為每一個當下的現身做準備。噴出的瞬間,泉水重新降落在池子裡,與其他個當下一起消失,成為「不是噴泉」的樣子,而夢想被安頓在其中。

　　巴舍拉如此描繪噴水池裡的夢想:「噴水池這面鏡子便是一種敞開的想像的機會。有一點模糊,有一點蒼白的倒影意味著理想化。」[6]這是消失的當下的安身之處,也是重現當下的預備之地。靜止的水面反映著世界,世界的倒影模糊而神祕,吸引人沉入其中,然後與世界一起乘著泉水向上噴出,那居於遺失之中的夢想,也就突然充滿,存在於所有的形象之中,再一次以飽滿的樣子降落。

---

[6]　Gaston Bachelard著,顧嘉琛譯,《水與夢》(長沙:岳麓書社,2005.10),頁25。

參考文獻

一、詩人文本

王耀煌，〈印象派讀者〉，《中外文學》第十七卷第3期
（1988.08），頁23-25。

夏宇，《備忘錄》（夏宇自印，1984.09）。

夏宇編，《現在詩01：沼澤狀態》（台北：唐山，2001.11）。

夏宇，《腹語術》（現代詩季刊社出版，台北：唐山發行，
2003.03）。

夏宇，《摩擦·無以名狀》（夏宇出版，台北：唐山發行，
2005.05）。

夏宇，《Salsa》（夏宇出版，台北：唐山發行，2009.02）。

夏宇，《粉紅色噪音》（夏宇出版，台北：田園城市發行，
2007.07）。

夏宇，《詩六十首》（夏宇出版，香港：歐氏兄弟發行，
2012.05）。

夏宇編，《現在詩第九期：劃掉劃掉劃掉》（台北：心靈工
坊，2012.01）。

夏宇，《88首自選》（夏宇出版，台北：布丁紅發行，2013.
01）。

夏宇，《第一人稱》（夏宇出版，台北：布丁紅發行，2016.
07）。

席慕蓉，《無怨的青春》（台北：大地，1984）。

零雨編，《現在詩06：2008日曆》（台北：唐山，2007.10）。

Yeats, *The Collected Poems of W. B. Yeats. Ed. Richard J. Finneran.*
New York: Simon & Schuster, 1996.

二、文學論著

李元貞，《女性詩學》（台北：女書文化，2000.11）。

李癸雲，《朦朧、清明與流動——論台灣現代女詩人作品中的女性主體》（台北：萬卷樓圖書，2002.05）。

翁文嫻，《創作的契機》（台北：唐山，1998.05）。

陳義芝，《從半裸到全開——台灣戰後世代女詩人的性別意識》（台北：臺灣學生書局，1999.09）。

陳幸蕙編，《74年文學批評選》（台北：爾雅，1986.04）。

陳榮華，《海德格哲學：思考與存有》（台北：輔仁大學出版社，1992.04）。

黃冠閔，《在想像的界域上——巴修拉詩學曼衍》（台北：台大出版中心，2014.12）。

熊偉編，《現象學與海德格》（台北：遠流，1994.10）。

鄭明娳編，《當代台灣女性文學論》（台北：時報文化，1993.05）。

鄭樹森，《現象學與文學批評》（台北：東大圖書，1984.01）。

鍾玲，《現代中國繆思——台灣女詩人作品析論》（台北：聯經，1994.10）。

簡政珍，《詩心與詩學》（台北：書林，1999.12）。

André Parinaud著，顧嘉琛、杜小真譯，《巴什拉傳》（上海：東方，2000.11）。

Gaston Bachelard著，劉自強譯，《夢想的詩學》（北京：生活・讀書・新知三聯書店，1996.06）。

Gaston Bachelard著，顧嘉琛譯，《水與夢》（長沙：岳麓書社，2005.10）。

Gaston Bachelard著，龔卓軍、王靜慧譯，《空間詩學》（台

北：張老師文化，2007.04）。

Martin Heidegger著，彭富春譯，《詩‧語言‧思》（北京：
　　文化藝術，1991.02）。

Maurice Merleau-Ponty著，劉韻涵譯，《眼與心：梅洛－
　　龐蒂現象學美學文集》（北京：中國社會科學出版，
　　1992）。

Philip Koch著，梁永安譯，《孤獨》（台北：立緒文化，
　　1997.09）。

三、單篇論文

（一）會議論文

奚密，〈夏宇的女性詩學〉，收錄自《中國婦女與文學論文
　　集》第一輯（台北：稻香，1999.05），頁273-305。

廖咸浩，〈悲喜未若世紀末──九〇年代的台灣後現代詩〉，
　　收錄自《兩岸後現代文學研討會論文集》（台北：輔仁大
　　學外語學院，1998.09），頁33-56。

魏偉莉，〈安那其‧女性‧逃逸路線──夏宇詩作相關論述的
　　再論述〉，收錄自《第三屆全國台灣文學研究生學術論文
　　研討會論文集》（台南：國立台灣文學館，2006.07），
　　頁11-31。

（二）期刊論文

李癸雲，〈參差對照的愛情變奏──析論夏宇的互文情詩〉，
　　《彰師大國文學誌》第23期（2011.12），頁65-99。

李癸雲，〈「唯一可以抵抗噪音的就是靡靡之音」──從
　　《這隻斑馬This Zebra》談「李格弟」的身份意義〉，
　　《臺灣詩學學刊》第23期（2014.06），頁163-187。

李幸錦，〈論夏宇詩中的陰性書寫〉，《問學集》第8期

（1998.09），頁1-19。

李翠英，〈敘事的與非敘事的——論夏宇詩中「情節式意象」作為敘事策略之呈現〉，《臺灣詩學學刊》第21期（2013.05），頁39-64。

林燿德，〈在速度中崩析詩想的鋸齒：論夏宇的詩作〉，《文藝月刊》第205期（1986.07），頁44-54。

孟樊，〈超前衛的聲音——評夏宇的詩〉，《台北評論》第4期（1988.03），頁130-145。

孟樊，〈台灣的後現代語言詩〉，《中外文學》第三十八卷第2期（2009.06），頁197-227。

洛夫，〈宇宙的新樣式：評夏宇《備忘錄》〉，《聯合文學》第二卷第11期（1986.09），頁217-218。

洪珊慧，〈夏宇早期詩作的語言實驗及其顛覆性〉，《臺灣詩學學刊》第16號（2010.12），頁253-276。

奚密，〈後現代的迷障——《台灣後現代詩的理論與實際》的反思〉，《當代》第71期（1992.03），頁54-68。

翁文嫻，〈《詩經》「興」義與現代詩「對應」美學的線索追探——以夏宇詩語言為例探研〉，《中國文哲研究集刊》第31期（中央研究院中國文哲研究所，2007.09），頁121-148。

陳義芝，〈夢想導遊論夏宇〉，《當代詩學》第2期（2006.09），頁157-169。

黃文鉅，〈破壞與趨俗：從「以暴制暴」到「仿擬記憶／翻譯的熊」——以《摩擦・無以名狀》、《粉紅色噪音》為例〉，《臺灣詩學學刊》第15號（2010.07），頁199-234。

陳柏伶，〈雜音、走音或耳鳴——淺論夏宇詩中的聲音〉，《台灣詩學》第三卷（2007.06），頁9-39。

楊瑩靜，〈黑與白的愈混愈對——從《這隻斑馬》、《那隻

斑馬》看夏宇歌詞與詩之間的關係〉，《臺灣詩學學刊》第20號（2012.11），頁27-60。

劉柏廷，〈她的純淨與極致與善意——夏宇「體」現其創作道德的文本與慾望〉，《臺灣詩學學刊》第15號（2010.07），頁265-290。

鍾玲，〈夏宇的時代精神〉，《現代詩》第13期（1988.10），頁7-11。

蕭蕭，〈備忘錄——以凡人的方向思考的詩集〉，《文訊》第16期（1985.02），頁115-118。

顧慧倩，〈論夏宇浪漫美學的個人主體性〉，《臺灣詩學學刊》第15號（2010.07），頁235-264。

四、學位論文

邱俊達，〈朝向詩意空間：論巴舍拉《空間詩學》中的現象學〉（國立中山大學哲學所碩士論文，2009.06）。

李淑君，〈低限馬戲——夏宇詩的遊戲策略〉（國立彰化師範大學國文系碩士論文，2009.07）。

宋淑婷，〈後現代詩之互文性——以夏宇為對象〉（國立台北大學國文系碩士論文，2011.01）。

蔡林縉，〈夢想傾斜：「運動—詩」的可能——以零雨、夏宇、劉亮延詩作為例〉（國立成功大學現文所碩士論文，2010.06）。

林苾霖，〈夏宇詩的歧路花園〉（國立清華大學中文所碩士論文，2009.07）。

陳柏伶，〈據我們所不知的——夏宇詩研究〉（國立成功大學中文系碩士論文，2004.06）。

黃文鉅，〈記憶的技藝：以夏宇、零雨、鴻鴻為考察〉（國立政治大學中文系碩士論文，2009.03）。

五、研究報告

白瑞梅，〈夏宇的"鋸齒狀真理"：實驗詩學的性政治〉
（國科會研究報告，編號NSC86-2418-H009-001-T，
1998.01）。

六、報章雜誌

丁文玲報導，〈夏宇詩集《粉紅色噪音》防水防噪音〉，
《中國時報》，2007.09.16，第14版。

江長威作錄音整理，〈詩，如何過火？想詩、談詩、念詩、
玩詩——《中外文學》三十週年系列座談之二〉，《中
外文學》第三十二卷第1期（2003.06），頁144-176。

夏宇，〈溫和的夢想家〉，《中國時報》，1981.03.25，第
8版。

夏宇，〈鏡中之牆〉，《聯合報》，1990.04.02，第29版。

夏宇訪談，〈一手寫詩，一手寫詞〉，《誠品好讀》第45期
（2004.07），頁54-55。

七、電子媒體及其他

夏宇，〈聲音與顏色展覽言〉（好樣｜VVG' s Blog, 2014.
03.21）。網址：http://vvgvvg.blogspot.tw/2014/03/x-vvg-
thinking -2014-0321-fri-2014-0417.html。

孫梓評，《自由副刊》，2016.07.21。網址：https://www.
facebook.com/libertytimesliterature/photos/a.37397585613
5751.1073741828.373966349470035/546689235531078/?t
ype=3&theater。

馮慧瑛，〈剪掉集體論述的雙手：從夏宇的詩看現代與後現代的辨證關係〉（台灣文化研究網站，1995）。網址：http://www.srcs.nctu.edu.tw/taiwanlit/issue4/4-3.htm。

劉明振，〈音響實戰經驗：要如何使用音響測試寶典〉。網址：http://audioart.audionet.com.tw/0Review2002/220/23.htm。

Jedi，〈遮蔽音〉（Jedi's BLOG, 2005.04.02）。網址：http://jedi.org/blog/archives/004936.html。

YannYang，〈【專訪】慢速奔馳的第一人稱，夏宇回來了〉，《The News Lens關鍵評論》，2016.08.04，藝文。網址：https://www.thenewslens.com/article/45691。

《IS #1》專輯（台北：五四三音樂站發行，2004.06）。

秀威經典　　　　　語言文學類　PG1965　新視野53

與日常碎片一起漂移：
夏宇詩的空間與夢想

作　　者／林芳儀
責任編輯／陳慈蓉
圖文排版／楊家齊
封面設計／蔡瑋筠

出版策劃／秀威經典
發 行 人／宋政坤
法律顧問／毛國樑　律師
印製發行／秀威資訊科技股份有限公司
　　　　　114台北市內湖區瑞光路76巷65號1樓
　　　　　電話：+886-2-2796-3638　傳真：+886-2-2796-1377
　　　　　http://www.showwe.com.tw
劃撥帳號／19563868　戶名：秀威資訊科技股份有限公司
　　　　　讀者服務信箱：service@showwe.com.tw
展售門市／國家書店（松江門市）
　　　　　104台北市中山區松江路209號1樓
　　　　　電話：+886-2-2518-0207　傳真：+886-2-2518-0778
網路訂購／秀威網路書店：https://store.showwe.tw
　　　　　國家網路書店：https://www.govbooks.com.tw

2018年7月　BOD一版
定價：300元

國家圖書館出版品預行編目

與日常碎片一起漂移 : 夏宇詩的空間與夢想 / 林芳儀著.
-- 一版. -- 臺北市 : 秀威經典, 2018.07
　　面 ；　公分. -- (語言文學類 ; PG1965)(新視野 ; 53)
BOD版
ISBN 978-986-96186-4-9(平裝)

1.夏宇 2.新詩 3.詩評

851.486　　　　　　　　　　　　　　　107008160

讀者回函卡

感謝您購買本書，為提升服務品質，請填妥以下資料，將讀者回函卡直接寄回或傳真本公司，收到您的寶貴意見後，我們會收藏記錄及檢討，謝謝！如您需要了解本公司最新出版書目、購書優惠或企劃活動，歡迎您上網查詢或下載相關資料：http:// www.showwe.com.tw

您購買的書名：＿＿＿＿＿＿＿＿＿＿＿＿＿＿＿＿＿＿＿＿＿

出生日期：＿＿＿＿＿年＿＿＿＿＿月＿＿＿＿＿日

學歷：□高中 (含) 以下　　□大專　　□研究所 (含) 以上

職業：□製造業　□金融業　□資訊業　□軍警　□傳播業　□自由業
　　　□服務業　□公務員　□教職　　□學生　□家管　　□其它＿＿＿

購書地點：□網路書店　□實體書店　□書展　□郵購　□贈閱　□其他

您從何得知本書的消息？

　□網路書店　□實體書店　□網路搜尋　□電子報　□書訊　□雜誌
　□傳播媒體　□親友推薦　□網站推薦　□部落格　□其他＿＿＿＿＿

您對本書的評價：（請填代號　1.非常滿意　2.滿意　3.尚可　4.再改進）

　封面設計＿＿＿　版面編排＿＿＿　內容＿＿＿　文／譯筆＿＿＿　價格＿＿＿

讀完書後您覺得：

　□很有收穫　□有收穫　□收穫不多　□沒收穫

對我們的建議：＿＿＿＿＿＿＿＿＿＿＿＿＿＿＿＿＿＿＿＿＿

＿＿＿＿＿＿＿＿＿＿＿＿＿＿＿＿＿＿＿＿＿＿＿＿＿＿＿＿＿

＿＿＿＿＿＿＿＿＿＿＿＿＿＿＿＿＿＿＿＿＿＿＿＿＿＿＿＿＿

＿＿＿＿＿＿＿＿＿＿＿＿＿＿＿＿＿＿＿＿＿＿＿＿＿＿＿＿＿

11466
台北市內湖區瑞光路 76 巷 65 號 1 樓

秀威資訊科技股份有限公司　　　收

BOD 數位出版事業部

....

（請沿線對折寄回，謝謝！）

姓　　名：_____　年齡：_____　性別：□女　□男

郵遞區號：□□□□□

地　　址：_____

聯絡電話：(日) _____　(夜) _____

E-mail：_____